THOMAS HRABAL

Kalamitäten im Sparverein

SPARVEREINS-ROADTRIP Gramakirchen ist ein Schmelztiegel des beschaulichen Landlebens. Ob beim Kirchenchor, im Tennisstüberl oder am Stammtisch beim Dorfwirt »Zum goldenen Bock«, dem Zuhause des Sparvereins »Zum heiligen Gerschtl«: alles ist in bester Ordnung. Bis Magister Peter Gerl, der eingeheiratete Schwiegersohn des gerade verstorbenen Altbürgermeisters Franz Gollinger, zum Kassier des beliebten Sparvereins gewählt wird. Neu im Amt verschwindet Gerl kurz darauf mit dem Schwarzgeld des örtlichen Baumeisters und heimlichen Ortskaisers Josef Graminger aus der Sparvereinskasse. Und auch Barbara, das alte Tanklöschfahrzeug der freiwilligen Feuerwehr, ist weg! Die dadurch ausgelöste Verfolgungsjagd entwickelt sich zu einem abenteuerlichen Roadtrip durch Österreich, Ungarn, Serbien und Nordmazedonien bis in den Kosovo.

© Christoph Liebentritt

Thomas Hrabal, geboren 1967, lebt mit seiner Frau und seinen beiden Söhnen in Wien Mauer. Der promovierte Architekt und Projektmanager arbeitet mit seinem Team an Laborgebäuden und vielen anderen spannenden Projekten. Von 2005 bis 2009 leitete er den Aufbau eines internationalen Architekturstudiums im Kosovo. 2016 gewann er den österreichischen Kinderbuchpreis LESEL.

THOMAS HRABAL

Kalamitäten im Sparverein

LANDKRIMI AUS ÖSTERREICH

GMEINER

Personen und Handlung sind frei erfunden.
Ähnlichkeiten mit lebenden oder toten Personen
sind rein zufällig und nicht beabsichtigt.

MIX
Papier aus verantwortungsvollen Quellen
FSC® C083411
FSC www.fsc.org

Besuchen Sie uns im Internet:
www.gmeiner-verlag.de

Im Ehnried 5, 88605 Meßkirch
Telefon 07575/2095-0
info@gmeiner-verlag.de

1. Auflage 2022

Lektorat: Claudia Senghaas, Kirchardt
Umschlaggestaltung: U.O.R.G. Lutz Eberle, Stuttgart
unter Verwendung eines Fotos von: © Andreas Praefcke;
https://commons.wikimedia.org/wiki/File:Schulsparkasse_Wirtschafts-museum_RV.jpg
Druck: CPI books GmbH, Leck
Printed in Germany
ISBN 978-3-8392-0142-8

»Man muss rechtzeitig darauf schauen,
dass man's hat, wenn man's braucht!«

VERFASSUNG

SPARVEREIN ZUM HEILIGEN GERSCHTL – SATZUNG

§ 1 Die Spargemeinschaft verfolgt den Zweck, ihren Mitgliedern die Gelegenheit zum regelmäßigen, zusätzlich auch freiwilligen Sparen zu bieten. Die hierbei anfallenden Zinsen sowie etwaige Eintritts- und Strafgelder werden verwendet für die Finanzierung von Veranstaltungen, die der Verein für seine Mitglieder durchführt.

§ 2 Mitglied in der Spargemeinschaft kann jede natürliche Person werden, die das 16. Lebensjahr vollendet hat und in ihrer Geschäftsfähigkeit nicht beschränkt ist. Das Aufnahmebegehren in die Spargemeinschaft wird gegenüber dem Vorstand erklärt. Dieser kann die Aufnahme mit Stimmenmehrheit verweigern. Die Mitgliedschaft ist mit einer Frist von einem Monat zum Monatsende jederzeit kündbar. Die Mitgliedschaft endet im Übrigen durch Tod oder durch Ausschluss, den die Mitgliederversammlung mit Stimmenmehrheit bestimmen kann. Ein Mitglied hat keinen Anspruch auf Auszahlung eines Anteils an den von der Spargemeinschaft vereinnahmten Zinsen, Straf- und Eintrittsgeldern. Das gilt auch dann, wenn das Mitglied kurz vor einer gemeinschaftlichen Veranstaltung ausscheidet, die mithilfe der genannten Beträge finanziert wird.

§ 3 Für die Aufnahme der Sparbeiträge verwendet die Gemeinschaft einen Sparschrank. Jedem Mitglied der Spargemeinschaft wird ein Fach zugeteilt, das mit seinem Namen sowie einer Nummer versehen ist. Der Sparschrank ist mit zwei Sicherheitsschlössern versehen und mit einem Gebäudeteil fest verbunden. Er ist in der Gastwirtschaft *Zum goldenen Bock*, Hauptstraße 13, 7654 Gramakirchen, aufgehängt und dort den Mitgliedern während der üblichen Geschäftszeiten zugänglich.

§ 4 Das Geschäftsjahr der Spargemeinschaft beginnt am 1. Juli und endet zum 30. Juni des Folgejahres.

§ 5 Die Amtszeit des Vorstandes beträgt ein Jahr. Seine Mitglieder können wiedergewählt werden. Die Wahl hat anonym zu erfolgen. Der Vorstand ist ehrenamtlich tätig und trifft seine Entscheidungen mit einfacher Mehrheit. Verfügungen über das Vereinskonto kann nur der/die Vorsitzende in Verbindung mit zwei weiteren Vorstandsmitgliedern vornehmen, verwaltet wird dieses vom/von der Kassier(in).

§ 6 Die Mitglieder der Gemeinschaft sind einmal jährlich durch Aushang in der Nähe des Sparschrankes zu einer Versammlung einzuladen. Die Versammlung ist beschlussfähig, wenn mindestens 50 Prozent der Mitglieder anwesend sind. Die Versammlung wählt anonym den Vorstand der Gemeinschaft, und zwar den/die Vorsitzende(n), eine(n) Stellvertreter(in), den/die Kassier(in) und den/die Schriftführer(in). Die Mitgliederversammlung entscheidet, für welche Art der gemeinschaftlichen Veranstaltung die aufgelaufenen Zinsen sowie etwaige Eintritts- und Strafgelder verwendet werden. Die Mitgliederversammlung entscheidet ferner über eine Geschäftsordnung, die unter anderem die Höhe des mindestens einzuzahlenden Sparbetrages sowie die Höhe der Zinsen, der Eintritts- und Strafgelder festlegt.

§ 7 Die Spargemeinschaft kann sich durch Zwei-Drittel-Beschluss der jährlichen Mitgliederversammlung auflösen. In diesem Fall werden die jeweils angesparten Beträge ausgezahlt. Jedes Mitglied erhält den von ihm angesparten Betrag gegen Quittung ausgezahlt. Das Guthaben der Spargemeinschaft aus Zinsen, Eintritts- und Strafgeldern wird unter den Mitgliedern, die ihr zur Zeit des Auflösungsbeschlusses angehören, zu gleichen Teilen aufgeteilt.

SPARVEREIN ZUM HEILIGEN GERSCHTL – GESCHÄFTSORDNUNG

§ 1 Jedes Mitglied hat zugunsten der Spargemeinschaft ein einmaliges Eintrittsgeld in Höhe von € 25,- zu entrichten. Das Eintrittsgeld wird nicht erstattet und kann auch nicht mit Sparleistungen verrechnet werden.

§ 2 Jedes Mitglied hat monatlich einen Mindestbetrag in Höhe von € 20,- durch Einzahlung in sein Fach zu sparen. Zusätzliche freiwillige Sparleistungen sind jederzeit möglich. Der obligatorische Sparbetrag muss jeweils bis fünf Tage vor Monatsende eingegangen sein.

Ist ein(e) Sparer(in) seinen/ihren Verpflichtungen mindestens dreimal ohne Entschuldigung gegenüber dem Vorstand nicht nachgekommen, kann der Vorstand gegen ihn/sie ein einmaliges Strafgeld in Höhe von € 35,- verhängen. Das Strafgeld ist zugunsten der Spargemeinschaft zu leisten.

Im Falle von Erwerbslosigkeit, Krankheit oder anderen sozialen Notlagen kann der Vorstand über eine Befreiung von der wöchentlichen Sparpflicht entscheiden.

§ 3 Die Entleerung der Spareinlagen hat monatlich, jeweils bis zum letzten Tag eines Monats, zu erfolgen. Die Entleerung nehmen ein anwesendes Spargemeinschafts-Mitglied und der/die Kassier(in) gemeinsam vor. Letztere(r) verwahrt den Schlüssel für den Sparschrank. Über die entnommenen Geldbeträge aus den einzelnen Sparfächern wird eine Liste aufgestellt, die die beiden Vorgenannten gemeinsam zu unterschreiben haben.

§ 4 Das dem Sparschrank entnommene Geld ist auf dem der Entleerung folgenden Werktag auf das Vereinskonto bei der Raiffeisenbank Gramakirchen zugunsten der Spargemeinschaft einzuzahlen.

§ 5 Das Sparjahr läuft jeweils elf aufeinander folgende Monate. Danach erhält jedes Mitglied die von ihm/ihr eingezahlten Sparbeiträge zurück. Die Auszahlung der Spargelder hat jeweils bis zum Ablauf des darauffolgenden Monats zu erfolgen. Was das einzelne Mitglied in den Verein einlegt, sind also nicht die Sparbeiträge als solche, sondern nur das Recht auf vorübergehende Nutzung dieser Sparbeiträge.

§ 6 Der Sparschrank und sein jeweiliger Inhalt werden gegen Einbruchdiebstahl versichert. Die Kosten der Versicherung trägt die Spargemeinschaft. Der Sparschrank wird mit einer Alarmanlage ausgerüstet.

§ 7 Die etwaige Unwirksamkeit einzelner Vereinbarungen dieser Geschäftsordnung hat auf die Wirksamkeit der ganzen Satzung in ihren übrigen Teilen keinen Einfluss.

VERSTRICKUNG

BEERDIGUNG DES ALTBÜRGERMEISTERS

…, bitte für uns Sünder
jetzt und in der Stunde unseres Todes.
Amen.

Gegrüßet seist Du, Maria,
voll der Gnade, der Herr ist mit Dir.
Du bist gebenedeit unter den Frauen,
und gebenedeit ist die Frucht Deines Leibes, Jesus.
Heilige Maria, Mutter Gottes, bitte für uns Sünder
jetzt und in der Stunde unseres Todes.
Amen.

Gegrüßet seist Du, Maria, bitte für uns Sünder
jetzt und in der Stunde unseres Todes.
Amen.

Gegrüßet seist Du, Maria,
voll der Gnade, der Herr ist mit Dir.
Du bist gebenedeit unter den Frauen,
und gebenedeit ist die Frucht …

»Es geht nicht, dass er das wird.«

»Ich weiß, aber …«

»Nichts weißt du. Weißt du, was das heißt?!«

»Schon, nur …«

»Nur was? Ihr seid euch alle nicht im Geringsten dessen bewusst, was das heißt.«

Eine der Frauen vor ihnen drehte sich um und warf ihnen einen verärgerten Blick zu.

Gleich würde Hochwürden mit der Grabrede für den verstorbenen Altbürgermeister beginnen. Da wäre es wohl auch von den beiden ehrenwerten Herren nicht zu viel verlangt, dem Anlass entsprechend Würde zu bewahren!

Josef Graminger war es nicht gewohnt, dass man ihn zurechtwies, aber in Anbetracht der Umstände bedeutete er Ludwig Piringer mit einer Geste, später mit dem Gespräch fortzufahren.

»… Maria,
voll der Gnade, der Herr ist mit Dir.
Du bist gebenedeit unter den Frauen,
und gebenedeit ist die Frucht Deines Leibes, Jesus.
Heilige Maria, Mutter Gottes, …«

Der Pfarrer hatte Aufstellung neben dem offenen Grab genommen, eingerahmt von einem knappen Dutzend Ministranten. So viele hatte er nicht einmal zu den Feiertagsgottesdiensten, aber heute wollte es sich keine der angesehenen Familien von Gramakirchen nehmen lassen, Hochwürden einen Spross zur Seite zu stellen.

»Liebe Gemeinde, liebe Hinterbliebene, liebe Fritzi!« Er blickte zur trauernden Tochter des Verstorbenen. »Wir sind heute zusammengekommen, um uns von deinem geliebten Vater, unserem ehrenwerten Altbürgermeister, unserem Ehrenfeuerwehrkommandanten, unserem langgedienten Fußballvereinspräsidenten, unserem Pfarrgemeinderatsmitglied, unserem Sparvereinskassier, unserem …«, er räusperte sich, »Freund und Gönner Gollinger Franz zu verabschieden.«

Er hielt kurz inne. Nicht, um die Wirkung seiner Worte zu verstärken, sondern, weil ein Güterzug direkt am Friedhof vorbeirauschte.

Gramakirchen war eine infrastrukturell hervorragend angebundene Gemeinde, wie man der Homepage des neu aufgeschlossenen Gewerbegebietes, das um Betriebsansiedlungen warb, entnehmen konnte. Das vom Verkehr der vor dem Friedhof vorbeiführenden Bundesstraße stammende Hintergrundrauschen bestätigte dies eindrucksvoll.

»Der Tod ist gewiss, ungewiss nur seine Stunde, heißt es. Unser Franz führte ein Leben für die Gemeinschaft, er …«

Jetzt auch noch der Schnellzug. Die Schwingungen verdichteten sich zuerst Hals über Kopf zu immer höheren Frequenzen, um sich dann wieder langsam länger werdend zu verabschieden, der Doppler-Effekt in Reinkultur.

Dass er sich mit der Situierung des neuen Friedhofs zwischen Bahn und Bundesstraße seine eigene Grabrede verderben würde, hatte er wohl nicht geplant, der Herr Bürgermeister. Aber derart pragmatische Überlegungen waren nie relevant gewesen bei den Entscheidungen des langjährigen Ortskaisers. Dafür waren ganz andere Kriterien ausschlaggebend.

Pfarrer Piotr Santak ließ seinen Blick in die Runde schweifen. Es waren wirklich alle gekommen. Der Gemeinderat, die Funktionäre und Mitglieder der Vereine: Feuerwehr, Fußball, Verschönerung, Sparverein, selbstverständlich auch die Bürgermeister aller Gemeinden des Entsorgungsverbandes. Der Gemeinderat von Gramakirchen war einst, wie üblich, einstimmig der Empfehlung einer vom Altbürgermeister höchstpersönlich eingesetzten Expertenkommission gefolgt, die Mülldeponie für die umliegenden sieben Ortschaften auf seinem Gemeindegebiet zu errichten. Aus den jährlichen Kompensationszahlungen für die daraus resultierenden olfaktorischen Emissionen ließ sich neben den laufenden Instandhaltungskosten glücklicherweise auch das der verantwortungsvollen Aufgabe angemessene Salär des Entsorgungsverbandsobmannes finanzieren, ein Posten, für den der liebe Verstorbene sich in seiner Gemeinschaftsverbundenheit über viele Jahre aufgeopfert hatte.

Die honorige Expertenkommission von damals war selbstverständlich ebenfalls vollzählig anwesend, angeführt von Josef Graminger, dem geschäftsführenden Gesellschafter der örtlichen *Graminger Bau*. Der Baumeister tuschelte immer noch in einer Tour mit dem Filialleiter der hiesigen Raiffeisenkasse und langjährigem Sparvereinsobmann. Es war gar nicht deren Art, so ungeniert in aller Öffentlichkeit zu konspirieren. Der unerwartete Tod des Gemeindeobersten hatte wohl für gehörig Unruhe bei den ehrenwerten Herren in seinem Dunstkreis gesorgt.

»Im Namen der Hinterbliebenen bedanke ich mich für die geschätzte Anwesenheit, die Blumen-, Bukett-, und Kranzspenden, und darf ich alle Trauergäste zum gemeinschaftlichen Speisen in den *Goldenen Bock* einladen«, leierte der Bestatter in seinem monotonen Tonfall herunter.

Der Gasthof *Zum goldenen Bock* war der Brennpunkt des dörflichen Lebens in Gramakirchen. Hier wurden die Meilensteine im Leben jedes rechtschaffenen Gramakirchner Bürgers zelebriert. Vom Essen zur eigenen Taufe über den Festschmaus zur Erstkommunion und selbigen zur Firmung bis zur großen Hochzeitstafel, gefolgt von den Taufen, Erstkommunionen, Firmungen und Hochzeiten der Kinder, Enkel, der näheren und entfernteren lokalen Verwandtschaft, über Freunde und Vereinskollegen bis eben schlussendlich dem eigenen Leichenschmaus war der *Goldene Bock* Schauplatz und Zeuge aller zu begehenden römisch-katholischen Rituale. Dazu kamen die obligatorischen Anlässe an allen christlichen Feiertagen, der sonntägliche Frühschoppen, die Nachbesprechungen von Gemeinderats- oder Vereinssitzungen, die monatlichen Sparvereinstreffen, das Preisschnapsen, die Stammtischrunde und ein paar außertourliche Besuche mit Kollegen, Kameraden oder Familie.

Die ehemalige Postkutschenstation lag direkt an der Bundesstraße unweit des Kirchenplatzes. Seit der Verbreiterung der alten Hauptstraße auf den für Bundesstraßen vorgeschriebenen Regelquerschnitt musste man bei jedem vorbeifahrenden Lkw um das schmiedeeiserne Steckschild mit dem glänzenden goldenen Bock bangen.

Johann »Johnny« Scheuringer hatte das erste Haus am Platz von seiner Mutter übernommen, die es nach dem frühen Tod ihres Gatten in siebenter Generation fortgeführt hatte, bis der Hansi alt genug war, in den Betrieb einzusteigen. Die mittlerweile angegraute Eternitfassade stammte noch aus der kurzen Ära seines Vaters.

Der Wirt des *Goldenen Bocks* stand, so breitbeinig es der Platz zwischen Hausmauer und Gehsteigkante zuließ, vor dem Eingang seines Dorfgasthofes und begrüßte jeden einlangenden Trauergast mit gebührendem Ernst, einem halb verschluckten »Mein Beileid«, das klang wie »ei-ei-ei«, und einem Händedruck Marke Schraubstock.

Seit Tagen war er mit den Vorbereitungen beschäftigt. So einen Umsatz machte er nur zwei bis drei Mal im Jahr, wenn überhaupt. Sogar das große Festzelt hatte er im Hof aufgestellt, was am Vorabend der Beisetzung zu heftigen Diskussionen mit der alteingesessenen Stammtischrunde geführt hatte. Der Feuerwehrkommandant-Stellvertreter Alfred Pointinger, aufgrund der Betagtheit des Kommandanten seit Jahren der eigentliche Chef der örtlichen Freiwilligentruppe und grundsätzlich ein treuer Freund des Hauses, fand das unpassend.

»Ein Festzelt ist zum Feiern da. Und einen Grund zum Feiern haben wir wohl nicht!«

»Wir zelebrieren morgen zu Ehren von unserem Josef – Gott hab ihn selig – eine Trauerfeier! Der Herr Altbürgermeister hätte das Aufstellen des Festzeltes sehr wohl zu schätzen gewusst.«

Alfred Pointinger war offensichtlich überrascht und wenig begeistert von der Entgegnung des Kirchenchorleiters Herbert Irdinger, einem sonst eher zurückhaltenden Charakter im Ruhestand, der an den Stammtischabenden meist mehr Viertel Rot trank, als er Worte wechselte.

»Geh, Herbert, trink lieber noch ein Viertel und halt den Mund!«

Der Wirt ließ sich in seinem Umsatzstreben ohnehin durch die Kommentare der Stammtischrunde nicht irritieren. Also stand das Zelt festlich im Hof und füllte sich rasch mit der großen Trauergemeinde. Renate Scheuringer, die fesche Wirtsgattin, empfing die einlangenden Gäste und wies ihnen die Plätze zu. Gerade bei einem förmlichen Anlass wie diesem war die Einhaltung der ungeschriebenen Hierarchie des dörflichen Netzwerkes oberstes Gebot. Und die Wirtin war eine ausgewiesene Kennerin der sozialen Strukturen des Gramakirchner Mikrokosmos.

Wie es sich demgemäß gehört, traf als eine der Letzten Friederike Gollinger-Gerl ein, die Tochter und einzige Hinterbliebene des Verstorbenen. Am Arm ihres Mannes nahm sie gefasst wiederholte Beileidswünsche entgegen und ging zum Kopf der Tafel, wo der designierte Nachfolger ihres Vaters, Vizebürgermeister Ernst Holzinger, sie bereits erwartete und ihr einen Stuhl anbot. Er führte mittlerweile schon ein paar Monate die Geschäfte, seit immer mehr klar geworden war, dass Franz Gollinger diese aus gesundheitlichen Gründen nicht mehr ausüben können würde.

»Fritzi.«

»Ernst.«

»Fritzi, ich muss mit dir sprechen.«

»Nicht jetzt, Ernst«, erwiderte sie dem Vizebürgermeister.

»Fritzi, Josef ...«

»Ernst, nicht jetzt!«

»Fritzi, Josef lässt das nicht zu.«

»Ernst, wir sind hier versammelt, um das Ableben meines Vaters, deines Mentors, zu betrauern.«

»Fritzi, ...«

»Geh, Willi, bring mir einen doppelten Espresso bitte«, drehte sie sich zum Kellner und dem Vizebürgermeister den Rücken zu.

Schließlich erschien Hochwürden Piotr Santak und setzte sich feierlich auf den Platz neben den Schwiegersohn des Dahingeschiedenen. Sie waren beide nicht von hier. Der Priester war aus Polen oder Tschechien von der Diözese geholt worden, nachdem die Pfarrei nach dem Ableben des Altpfarrers, wie man seinen Vorgänger im Ort immer noch nannte, schon monatelang nicht besetzt gewesen war. Das war kein Zustand damals. Und der Schwiegersohn war ein Akademiker aus der Landeshauptstadt. Man munkelte, die Bürgermeistertochter und er hätten sich über eine Online-Partnerplattform oder so kennengelernt. Sie hatte davor zwar ihre Liebschaften im Ort, vor allem mit dem baldigen Amtsnachfolger ihres Vaters, Ernst Holzinger, war sie sogar recht lange liiert gewesen, aber es war nie etwas Ernstes daraus geworden. Kurz vor ihrem 30. Geburtstag, als sich viele Leute in Gramakirchen schon Gedanken über ihre beziehungsmäßige Zukunft machten, wurde dann überraschend die Verlobung mit Magister Peter Gerl bekanntgegeben. Er hatte bald nach der Hochzeit die Steuerberaterprüfung gemacht, damit er in die Kanzlei seines Schwiegervaters eintreten konnte. Ansonsten wusste man wenig über ihn, er kam nur selten in den *Goldenen Bock*, und wenn, dann immer nur an der Seite seiner Gattin.

Der Leichenschmaus konnte beginnen. Die extra großen Totensemmeln, mit Kümmel und Anis bestreut, waren schon angerichtet. Eine Tradition, die dabei half, den ersten Hunger zu stillen oder einfach nur aus Verlegenheit ein Stück abzubrechen und sich so über die ersten Minuten der traurigen Zusammenkunft hinwegzuretten.

Lange dauerte die Beklemmung aber nicht an. Spätestens nach dem gekochten Rindfleisch – niemand machte so einen herrlichen Semmelkren wie Renate Scheuringer, die Wirtin vom *Goldenen Bock* – schwoll der Lärmpegel aber schon wieder auf das übliche Maß eines Frühschoppens an.

»Ist ja tragisch, dass er nicht mehr unter uns weilt, aber überraschend war es zuletzt nicht.«

»Der Herr gibt, der Herr nimmt.«

»Und dem Gollinger Franz hat er es im Leben reichlich gegeben, jetzt hat er ihm ebendieses genommen.«

»Vor dem Herrn sind alle gleich, selbst der Herr Altbürgermeister.«

»Der Franz wird es sich da oben sicher auch richten.«

»Wenn er hinaufkommt!«

»Er war schon ein fescher Mann früher, wie er noch jung war und noch nicht so … so beleibt war!«

»Also fesch war er aber wirklich nicht! Dir hat an ihm wohl sein vieles Geld gefallen.«

»Herrschaften, könnt ihr euch bitte wenigstens heute zurückhalten? Jetzt ist er gerade eine Stunde unter der Erde, ihr esst und trinkt quasi noch auf seine Kosten und zerreißt euch euer schändliches Maul über ihn!«

»Hast du schon mit ihr geredet?«

Baumeister Josef Graminger fing den Vizebürgermeister, der bis jetzt nicht von seinem Platz neben der trauernden Tochter gewichen war, vor dem Pissoir ab.

»Ich habe es versucht.«

»Und?«

»Und nichts. Sie will nicht darüber reden.«

Ein Trauergast musste seine Blase entleeren.

»Grüß Gott, Herr Bürgermeister! Servus, Josef!«

»Ernstl, du musst …«

Wieder forderte das Gramakirchner Pils sein Tribut.

»Grüß Gott, die Herren.«

»Du, Josef, wir können hier nicht reden, da geht ständig jemand aufs Klo oder kommt heraus! Und außerdem wird schon nichts sein.«

Vizebürgermeister Ernst Holzinger ließ den Baumeister vor dem stinkenden Pissoir stehen und ging an seinen

Platz zurück. Ihm war überhaupt nicht wohl in seiner Haut. Der Herr Graminger stellte sich das so einfach vor, aber so war das jetzt nicht mehr. Aber vielleicht würde Fritzi ja doch noch zur Vernunft kommen.

Just in diesem Moment erhob sich Friederike Gollinger-Gerl, nahm ihr Weinglas und schlug mit dem Messer dagegen, um sich Gehör zu verschaffen.

»Liebe Freunde, ich möchte kurz um eure Aufmerksamkeit bitten.«

»Schschschscht!«

»Danke! Er ...«

»... er hätte sich sehr darüber gefreut, dass ihr alle gekommen seid. Und Peter und ich«, sie sah zu ihrem Mann, »freuen uns auch sehr. Mein Vater hat unsere Gemeinde in den letzten Jahren sehr geprägt. Wir alle haben ihm viel zu verdanken, ich am meisten. Er war vielleicht nicht immer für mich da, wenn ich ihn gebraucht hätte, aber nur deshalb, weil er immer für alle da war.«

Eine Welle des bestätigenden Kopfnickens ging durch die bewegte Trauergemeinde.

»Ich möchte mich kurzfassen und mich auch nicht mit der Vergangenheit aufhalten, das würde ihm nicht entsprechen. Er hat immer nach vorne geschaut, und ein wenig macht er das immer noch.«

Die versammelte Gemeinde hing gespannt an Friederike Gollinger-Gerls Lippen.

»Er wollte, dass der Ernst ihm als Ortsvorsteher nachfolgt. Danke, Ernst, dass du dich zur Verfügung gestellt hast, wissend um die großen Fußstapfen, in die du trittst!«

Ein paar treue Parteikameraden und andere Sympathisanten und Schmeichler klatschten dem verlegen und auch etwas ratlos neben der Rednerin sitzenden Vizebürgermeister zu.

»Und so, wie er wollte, dass der Ernst ihm in der Gemeinde nachfolgt, so hatte er auch einen letzten Wunsch für seine Nachfolge als Kassier in seinem heißgeliebten Sparverein!«

Die leichte Ratlosigkeit im Gesicht des designierten Amtsnachfolgers wich einer handfesten Fassungslosigkeit.

»Der Tradition folgend und als Zeichen der Kontinuität soll wieder der Geschäftsführer der Steuerberatungskanzlei *Gollinger & Partner*, mein lieber Gatte, dieses verantwortungsvolle Amt ehrenhalber im Dienst der Allgemeinheit übernehmen. Peter!«

Sie nahm die Hand ihres Ehemannes, der aufstand und bescheiden lächelnd, ein wenig scheu, in die Runde nickte. Die Anwesenden bedachten ihn mit verhaltenem Applaus.

»Der alte Gollinger schafft immer noch an im Ort.«

»Eine Runde auf den Herrn Magister!«

»Ob das eine gute Idee vom Altbürgermeister war?«

»Bravo, Fritzi.«

»Das wird nicht passieren!«

»Da kann man gespannt sein.«

Baumeister Josef Graminger und ein paar Herren verschwanden Richtung Gaststube.

KONSPIRATION IM PFARRSTÜBERL

»Danke, Herbert. Es ist ein Wunder, was für ein großes Ganzes du aus einer Ansammlung von Dilettantinnen herausholst!«

»Für Wunder bin ich hier nicht zuständig. Und die braucht es auch nicht, wenn man eine so engagierte Chorgruppe leiten darf.«

»Jetzt stell dein Licht nicht so unter den Scheffel, mein Lieber.« Herbert Irdingers Kahlkopf leuchtete rot vor Stolz in der Abenddämmerung. Mit der heutigen Probe konnte er tatsächlich zufrieden sein. In den letzten beiden Jahren, seit er nach seiner Pensionierung die Leitung des Chors nicht einfach nur übernommen hatte, sondern das Amt zu seiner Mission geworden war, hatte er aus der heterogenen Laientruppe eine richtig passable Singgemeinschaft geformt. Und die Früchte der wöchentlichen Proben im Pfarrsaal blieben nicht unbemerkt. Der Gramakirchner Kirchenchor war kürzlich vom Abt des Stiftes Sankt Ferdinand persönlich gebeten worden, bei der Palmsonntagsmesse in der Stiftskirche zu singen. Noch nie hatte Sankt Ferdinand die Gramakirchner eingeladen, und dem Herrn Pfarrer war das bestimmt nicht zu verdanken, der war mit seiner liberalen Art wahrlich kein Freund der konservativen Ordensbrüder aus dem benachbarten Stift.

»Kommst du noch mit ins Pfarrstüberl? Lass' uns unsere ausgetrockneten Kehlen ein wenig ölen«, wandte sich der euphorische Chorleiter an Ludwig Piringer.

Deine Kehle ist nie trocken, dachte sich der angesprochene Filialleiter der örtlichen Raiffeisenkasse. Er kannte die Stehsätze seines Freundes, und ebenso dessen Trinklaune. Aber er war selbst auch nicht nur aus Leidenschaft zur Musik gerne beim Kirchenchor, die anschließende Stimmbandölung im Pfarrstüberl war für ihn ebenfalls ein liebgewonnener Fixtermin geworden.

Pfarrer Piotr Santak stand wie immer persönlich am Tresen. Mit viel Liebe und Geschick hatte er das Pfarrstüberl gleich nach seinem Amtsantritt in Gramakirchen auf Vordermann gebracht. Zwar hätte die rustikale Vollholz-Einrichtung auch jeder Tiroler Almhütte stilistisch zur Ehre gereicht, aber im Vergleich zum vorherigen Resopal-Charme der Räumlichkeiten hatte der den Gemütlichkeitsfaktor und damit auch die Einnahmen für die Kirchenkassa vervielfacht. Wenn er hier den Laden schupfte, konnte man meinen, der leutselige Gottesmann fühle sich hinter der Ausschank wohler als auf der Kanzel.

»Grüß euch Gott, meine Lieben! Zwei Achterl zur Unterstützung unserer Aktion für die syrischen Flüchtlingskinder?«

»Hochwürden wissen doch, dass ich ein Herz für Kinder habe!«

Ludwig Piringer schmunzelte über sein eigenes Bonmot.

»Die erste Runde geht auf mich!«

»Wenn unser Herr Bankdirektor und Sparvereinsobmann gerade spendierfreudig ist, dann schenken Sie mir bitte auch noch ein Glas auf seine Kosten ein, Herr Pfarrer!« Herbert Irdinger ließ sich nicht zwei Mal bitten.

»Gestern hatten Sie einen wahrlich großen Auftritt bei der Beerdigung«, schmeichelte Ludwig Piringer dem Geistlichen. »Eine gelungene Predigt! Sehr feierlich.«

»Aber die große Show hatte die Tochter des Verstorbenen«, entgegnete der Pfarrer. »Nachdem Frau Gollinger ihren Mann zum Wunschnachfolger ihres Vaters als Kassier des Sparvereins verkündet hatte, war die Luft im Festzelt plötzlich zum Schneiden.«

»Ja, das war schon eine Überraschung«, bestätigte Ludwig Piringer. »Der letzte Wille unseres Altbürgermeisters wird aber wohl dennoch unerfüllt bleiben. Wer soll denn den Magister wählen? Falls der sich überhaupt zur Wahl stellt. Der geht doch nie allein in den *Bock*!«

»Oh, was für ein seltener Gast in unseren heiligen Hallen! Gott zum Gruß, Herr Feuerwehrkommandant!« Pfarrer Piotr Santak nahm ein leeres Glas für den eintretenden Alfred Pointinger aus dem Regal.

»Stellvertreter, Herr Pfarrer. Ich spiele nur die zweite Geige!«

»So bescheiden, unser Alfred! Was führt dich ins Pfarrstüberl? Das darf der Scheuringer Johnny nicht wissen, dass du fremdtrinkst«, feixte Herbert Irdinger.

»Ach, um den Umsatz vom Johnny brauchen wir uns keine Sorgen zu machen.« Er senkte seine Stimme.

»Der *Goldene Bock* wäre gerade der falsche Platz für das, was ich mit euch besprechen möchte.«

»Na, du kommst aber schnell zum Punkt, mein Lieber.« Ludwig Piringer drehte sich neugierig zu Alfred Pointinger.

»Soll ich euch weismachen, dass ich hergekommen bin, weil mir euer Messwein besser schmeckt als das offene Schankbier beim Johnny?«, der Feuerwehrkommandant-Stellvertreter grinste, wurde aber gleich wieder ernst.

»Also: Ich muss mit euch reden.«

»Worüber denn?«

»Über die Wahl.«

»Über die Wahl?«

»Über die Wahl.«

»Was willst du da reden?«

»Meine Herren«, Alfred Pointinger räusperte sich und fuhr in getragenem Tonfall fort, »wir müssen die Gunst der Stunde nutzen. Das ›*Window of Opportunity*‹, wie die Amerikaner so schön sagen!«

»Jetzt sag' schon!«

»Wir werden den Herrn Magister bei der Wahl zum Kassier unterstützen!«

Ludwig Piringer setzte sein Glas ab. Herbert Irdinger trank seines auf einen Zug leer und bedeutete dem Pfarrer nachzuschenken. Alle drei schauten Alfred Pointinger ungläubig an.

»Alfred, bist du nicht ganz bei Trost? Hochwürden, schenken Sie dem Herrn Kommandanten bitte schnell nach, damit er zur Besinnung kommt.« Der Kirchenchorleiter tippte sich an die kahle Stirn.

»Herbert, beruhige dich. Ich erkläre es so, dass auch du mitkommst.« Der stattliche Feuerwehrmann blickte genervt auf den deutlich kleineren Chorleiter herab. Aber er konnte sich jetzt auf keine Diskussionen einlassen. Er war mit einem Plan hierhergekommen, und von diesem galt es, die Pfarrstüberlrunde nun zu überzeugen.

»Der Mann von der Fritzi als Kassier? Das kann nicht dein Ernst sein, Alfred!« Ludwig Piringer schüttelte den Kopf.

»Ludwig, hör zu. Du wirst mir noch danken für heute!« Er sah nochmals bedeutungsschwer in die Runde, nahm einen Schluck vom Messwein, verzog kurz das Gesicht und fuhr fort: »Wenn der Herr Magister Gerl Kassier wird, dann kann der Josef unseren Sparverein nicht mehr als Waschmaschine für sein Schwarzgeld missbrauchen! Und dann müssen wir alle nicht mehr nach der Pfeife des Herrn Baumeister, unserem edlen Gönner, tanzen.«

»Die Feuerwehr gehört doch zu den großen Nutznießern dieser Machenschaften, Herr Kommandant!«, platzte Pfarrer Piotr Santak heraus.

»Das ist leider richtig, Herr Pfarrer. Aber die Präpotenz, mit der uns der Graminger Josef anschafft, was wir zu tun haben, ist in den letzten Jahren unerträglich geworden. Wir werden auch ohne seine Zuwendungen zurechtkommen. Machen Sie sich um meine Kameraden und mich keine Sorgen!«

»Und der jährliche Sparvereinsausflug, Alfred? Wer soll den bezahlen?«, monierte Ludwig Piringer. »Willst du darauf verzichten?«

»Ja, Herrgott noch einmal! Ja, das will ich. Denkt einmal nach: Bei den Ausflügen waren wir doch immer nur die Fangemeinde, die den Herrn Baumeister in exquisite Thermenhotels begleiten durfte, damit er sich als Gourmet und Weinexperte produzieren konnte. Habt ihr euch dort tatsächlich jemals amüsiert?«

Der Chor- und der Filialleiter schwiegen betreten. Der Pfarrer, er hatte an diesen Ausflügen nie teilgenommen, schenkte ohne zu fragen nach.

»Wir haben jetzt die Chance, dem ein Ende zu setzen! Und du, Ludwig, kannst wieder ruhig schlafen! Ich weiß doch, wie problematisch diese Macheloikes für dich als verantwortlicher Bankbetreuer des Vereinskontos sind.«

Jetzt nickte Ludwig Piringer. »Sicher. Das stimmt. Aber trotzdem können wir uns nicht offen gegen den Graminger Josef stellen«, sagte er resignierend.

»Stimmt!«, antwortete Alfred Pointinger triumphierend. »Und genau deswegen bin ich hergekommen. Weil der Herbert eine anonyme Abstimmung fordern wird.« Er klopfte dem verdutzten Chorleiter auf die Schulter.

»Du spinnst ja! Willst du mich fertigmachen?«

»Nein. Schau: Der Ludwig, unser allseits geschätzter Obmann, wird die richtigen Worte finden, um die Kandidaten vorzustellen und die Wahl zu moderieren. Dann schlägst du eine anonyme Abstimmung vor. Dagegen kann niemand etwas einwenden. Und der Ludwig unterstützt das mit Berufung auf die Statuten.«

Herbert Irdinger leerte sein viertes Achterl.

»Ja, aber wer auch immer aus dem Ort gegen den Herrn Magister antritt, der wird auch gewählt«, warf Pfarrer Piotr Santak ein, während er eine neue Flasche öffnete.

»Herrschaften, das lasst nur meine Sorge sein. Mehr als die Hälfte unserer Sparvereinsmitglieder sind auch Feuerwehrkameraden, und denen reicht es so wie mir. Wenn ihr mitmacht, dann schaffen wir das!« Er erhob erwartungsvoll das Glas.

Nach kurzem Zögern stießen die anderen mit ihm an.

Der Pakt war besiegelt.

TRANSPIRATION IM TENNISSTÜBERL

Das erste Service von Maria »Mitzi« Steininger war schwer zu retournieren. Sie variierte es oft, man konnte sich nicht darauf einstellen. Friederike Gollinger-Gerl lauerte hochkonzentriert an der Grundlinie.

Sie lag 6:4, 3:6, 3:4 und 15:30 bei Aufschlag Steininger im Rückstand.

Es sah heute nicht gut aus für Fritzi gegen die Lindingerhof-Bäuerin. Maria Steininger, ihre langjährige Tennispartnerin und Busenfreundin, war mehr Managerin als Bäuerin, ihr Hof war der größte im ganzen Viertel. So hart die beiden Damen am Tennisplatz miteinander fighteten, so gut kooperierten sie bei den gemeinsamen Immobilienprojekten, Mitzi als Developerin und Fritzi als Maklerin.

30:30, wenigstens keine zwei Bälle zum 3:5.

»Fritzi, schau nicht so ernst. Das hier ist ja nicht Wimbledon!«

Sie hasste es, wenn sie bei einem Tennismatch gestört wurde. Und was hatte der Herr Baumeister mitten in der Halle verloren? Wenn er sich hierher verirrte, dann nur an die Bar im Tennisstüberl. Außerdem sollte er heute doch eigentlich noch bei der außerordentlichen Gemeinderatssitzung zur Wahl von Ernst Holzinger zum Nachfolger ihres Vaters sein.

»Hallo, Josef!«

Sie versuchte, die Ruhe zu bewahren, sonst könnte sie das Match gleich abschreiben.

»Ich will die Damen nicht stören! Hallo, Schatzl«, wandte er sich dennoch an Maria Steininger, »soll ich mir im Stüberl eine Kleinigkeit zum Essen bestellen, oder kochst du uns nachher noch was?«

Auch die zweite Tennis-Amazone sah ihn genervt an.

»Wenn du so einen großen Hunger hast, dass du deswegen extra in die Halle rennst und uns beim Spielen störst, dann ist es wahrscheinlich besser, du bestellst dir hier gleich ein Paarl Frankfurter oder einen Hawaii-Toast. Ich habe Faschiertes eingekauft und hätte uns nachher Fleischlaberl mit Püree gemacht, aber das dauert noch! Und jetzt lass' uns in Ruhe. Ich muss mich auf meinen Aufschlag konzentrieren.«

Sie ließ den Ball kurz abtropfen, warf ihn senkrecht in die Höhe und schmetterte ein Ass ins Feld. 40:30, Ball zum 5:3.

Josef Graminger warf ihr eine anerkennende Kusshand zu und verließ den Platz.

Friederike Gollinger-Gerl kam als Erste aus der Garderobe. Sie war sehr zufrieden, hatte sie doch den dritten und entscheidenden Satz noch drehen und 7:5 gewinnen können. Das war ihr noch nicht oft gegen ihre Tennis-Erzrivalin gelungen. Offensichtlich hatte sie die kurze Störung des Baumeisters schneller weggesteckt, als dessen Lebensgefährtin dies konnte.

Doch die Freude währte kurz. Josef Graminger steuerte von der Bar kommend bereits auf sie zu.

»Herzliche Gratulation. Heute hast du es der Mitzi aber schön gegeben! Ihre Laune kann später ich dann wieder ausbaden.«

Er lachte über seine eigene halblustige Bemerkung, legte seinen Arm auf ihre Schulter und schob sie in Richtung des geschlossenen Tennisshops.

»Fritzi, ich weiß, wie sehr du deinen Vater geliebt hast!«

Sie hatte gewusst, dass sie um dieses Gespräch nicht herumkommen würde, und hatte versucht, sich mental darauf vorzubereiten. Trotzdem krampfte es ihr jetzt schon beim ersten Satz den Magen zusammen.

»Und ich verstehe, dass du dich verpflichtet fühlst, seinen letzten Willen zu erfüllen«, fuhr der Baumeister heuchlerisch fort.

»Aber du weißt doch genauso gut wie wir alle, dass er zum Schluss …«

»Was, Josef? Was war zum Schluss?« Sie hatte sich vorgenommen, ihre Contenance zu wahren. Aber warum eigentlich? Sie würde sich von ihm sowieso nicht von ihrem Weg abbringen lassen. Und damit war ihr seine Wut garantiert. Widerspruch war er nicht gewohnt und vertrug er auch nicht.

»Nichts, ich meine ja nur. Egal, du weißt, das mit deinem Mann als Kassier geht einfach nicht. Wir werden ihn nicht wählen, weil …« Er brachte sich gerade selbst aus dem Konzept.

»Weil, naja, du weißt schon, das kann ich nicht zulassen!«

»Nicht zulassen, aha.« Sie funkelte ihn an.
»Sonst noch etwas, Herr Baumeister?«
»Fritzi. Ich habe dieses Gespräch gesucht, damit ich dir das als alter Freund erklären kann. Und um dir diese peinliche Niederlage zu ersparen. Es gibt also keinen Grund, sich zu echauffieren«, schnaubte Josef Graminger sichtlich beleidigt. »Also sei vernünftig, und sag' deinem Mann …«
»Peter, er heißt Peter, mein Mann. Du kannst dir ruhig einmal nach fünf Jahren seinen Namen merken und über die Lippen bringen. Und nein, ich werde Peter nichts sagen, weil es nichts dazu zu sagen gibt!«

»Was redet ihr zwei Hübschen denn da über meine peinliche Niederlage?« Mitzi Steininger hatte die letzten Sätze der Auseinandersetzung aus der Garderobe kommend mitgehört und war sichtlich um Entspannung bemüht.
»Die Fritzi hat einfach fantastisch gespielt und hat sich den Sieg verdient, Josef-Schatzl. Kommt mit an die Bar, wir stoßen darauf an. Ich lade euch auf eine Runde Prosecco ein. Wir müssen doch auch auf die Wahl vom Ernst anstoßen. Ich nehme an, ihr habt's ihn heute einstimmig inthronisiert?«
Josef Graminger nickte.
Es war ihm gar nicht recht, dass das Gespräch so geendet hatte.
»Du kannst statt dem Sprudel auch ein Bier haben, Schatz«, rettete seine Lebensgefährtin abermals elegant die Situation und komplimentierte ihn an die Bar.

MANIPULATION IM EXTRASTÜBERL

Johnny Scheuringer strahlte über das ganze Gesicht. Schon wieder war der *Goldene Bock* gesteckt voll. Und zwei Mal wegen dem Altbürgermeister. Schon zu Lebzeiten war er ein guter Gast, aber dass er nach seinem Ableben immer noch so gute Umsätze brachte: Gott hab' ihn selig!

Heute war es aber nicht der Wirt, der die eintreffenden Gäste willkommen hieß. Ludwig Piringer stand am Eingang zum Extrastüberl, ein Krügerl frischgezapftes Gramakirchner in der Linken, und begrüßte jeden Neuankömmling mit einem sanften Druck seiner kalten, feuchten Hand. Die Nervosität manifestierte sich bei ihm in all ihrer physischen Pracht. Auch seine hohe Stirn war feucht, und ein Ring aus Schweißperlen vollendete seinen Haarkranz zu einem Kreisrund. Er musste sich zusammenreißen, um nicht schon vor der Sitzung das dritte Krügerl hinunterzuspülen.

»Herr Bürgermeister. Servus, Ernstl.« Noch ein letzter feuchtkalt glitschiger Händedruck. Nachdem Ernst Holzinger, der an der Bar noch mit einigen Bürgern auf seine Wahl anstoßen hatte müssen, nun gekommen war, sollten jetzt eigentlich alle Sparvereinsmitglieder vollzählig im Extrastüberl versammelt sein.

Die Honoratioren des Vereinsvorstandes nahmen am

Kopf des Karrees Platz. In der Mitte Obmann Ludwig Piringer und der frischgebackene Bürgermeister, flankiert von Baumeister Josef Graminger und Alfred Pointinger, Feuerwehrkommandant-Stellvertreter.

»Sehr geehrter Herr Bürgermeister, sehr geehrte Vorstandskollegen, liebe Sparfreundinnen und Sparfreunde! Ich begrüße euch ganz herzlich zu dieser erst zweiten außerordentlichen Sitzung in der 52-jährigen Geschichte unseres traditionsreichen Sparvereins und bedanke mich für das vollzählige Erscheinen. Lasst uns diese Versammlung im Gedenken an den traurigen Anlass unserer Zusammenkunft mit einer Schweigeminute für unseren treuen langjährigen Vereinskassier, unseren hochgeschätzten verstorbenen Altbürgermeister Gollinger Franz, beginnen.« Ludwig Piringer erhob sich und senkte sein kahles Haupt. Das ganze Extrastüberl tat es ihm unter lautem Stühlerücken gleich.

»Danke.« Er setzte sich, und nach wiederum lautem Geschiebe und Gerücke sowie einem fast abgesprochen wirkenden kollektiven Zug am Krügerl oder Spritzer fuhr er fort.

»Wie ihr wisst, mussten wir, der Vorstand, diese außerordentliche Sitzung einberufen, um einen neuen Vereinskassier aus unseren Reihen zu wählen. Ich erlaube mir die männliche Bezeichnung *Vereinskassier* zu verwenden, da sich heute zwei Männer zur Wahl stellen um die Nachfolge von unserem Gollinger Franz.«

»Renate, willst du dich nicht aufstellen lassen?«, johlte es vom Fenster in Richtung der soeben eintretenden Wirtin. »Du würdest im ersten Wahlgang gewinnen!« Die fesche Wirtin schmunzelte sichtlich geschmeichelt.

»Aber geh, wer würde euch den eure Biere bei den Vereinsabenden servieren, wenn ich Kassierin wäre?« Sie nutzte die erzwungene Redepause des Obmannes und nahm Bestellungen auf.

»Also, wie wir vernommen haben, steht die Renate leider nicht zur Wahl.« Der nervöse Obmann versuchte, wieder die Aufmerksamkeit auf sich zu ziehen. »Sondern unser langjähriges Mitglied Fahringer Manfred sowie der Schwiegersohn unseres langjährigen Kassiers Gollinger Franz, Herr Magister Gerl Peter.« In meiner Aufregung mache ich mich noch verdächtig. Ludwig Piringer atmete tief durch und versuchte, den Faden wieder zu finden.

»Ich bedanke mich bei den beiden Kandidaten, dass sie sich zur Verfügung gestellt haben für dieses Amt, trotz der großen Fußstapfen, die unser Herr Altbürgermeister Gollinger Franz ganz sicher hinterlassen hat.« Jetzt sage ich zum x-ten Mal Gollinger Franz. Ludwig Piringers Schweißperlenring hatte sich zu einem Kratersee im Haarkranzring ausgewachsen, und auch seine Achseln hatten offensichtlich begonnen, das Gramakirchner Pils an die Umgebung auszudünsten.

»Meine Herren.« Baumeister Josef Graminger hatte offensichtlich die Geduld mit seinem Vorstandskollegen verloren und ergriff, gendermäßig gewohnt ignorant, das Wort. »Wie man am Ludwig sieht, ist es sehr heiß mit all den Leuten hier im Extrastüberl. Und nachdem ich nicht der Einzige hier bin, der bald wieder frische Luft schnappen möchte ...«, er ließ einen konspirativen Blick über die Runde der anwesenden Raucher schweifen, »... schlage ich vor, dass wir in medias res gehen und die Wahl durch Handheben abhalten! Also, wer für den Manfred ist ...«

Die ersten Hände gingen in die Höhe, da erhob sich Herbert Irdinger von seinem Platz in der Ecke unterm Herrgottswinkel.

»Ich verlange, unseren Satzungen entsprechend, die Wahl anonym abzuhalten.« Er sah zu Boden und setzte sich wieder. »Danke.«

Alle Blicke richteten sich auf den immer noch stehenden Josef Graminger, der nach kurzer Schreckstarre einen langen Zug von seinem Gramakirchner Zwickl nahm.

»Geh, Herbert«, er funkelte den Kirchenchorleiter an, »das haben wir hier noch nie gemacht, was du da sagst. Und wo soll denn des überhaupt stehen?«

»Im Paragraf fünf unserer Vereinssatzungen«, sprang da der Obmann bei. Er wirkte jetzt deutlich gefasster als bei seinen langatmigen Eröffnungsworten.

Entgeistert drehte sich Baumeister Graminger zu seinem Sitznachbarn. »Ja, wen interessiert denn das, Ludwig? Wofür sollen wir so etwas brauchen?«

Er schnaubte hörbar.

»Ich gehe jetzt eine rauchen, und wenn ich zurückkomme, machen wir die Abstimmung, und zwar ohne Firlefanz!«

Die Gruppe teilte sich für zwei Zigarettenlängen in drei Interessensgruppen: das Extrastüberl verlassende Raucher, in ihm verbleibende Nichtraucher und jene, die nach den ersten drei Krügerl Gramakirchner Pils froh über die unerwartete Unterbrechung waren und eilig das Pissoir aufsuchten.

Ludwig Piringer und Herbert Irdinger verzichteten auf die Erleichterung und nutzten die Zeit, um vollendete Tatsachen zu schaffen. Schnell verteilten sie Zettel und Kugelschreiber auf den Tischen und baten die Kellnerin um einen Sektkübel als Wahlurne.

Josef Graminger nahm bei seiner Rückkehr die Vorbereitungen auf die anonyme Abhaltung der Wahl kommentarlos zur Kenntnis und nahm kopfschüttelnd, aber lächelnd Platz. Ist doch egal. Sollen die Bürokraten ihre Freude haben. Wer soll schon den Magister wählen?

Der Obmann erläuterte kurz das Prozedere, und die versammelten Mitglieder schritten zur Wahl. Die Auszählung wurde wieder von vielen als Rauch- oder Klopause genutzt, und nachdem endlich wieder alle auf ihren Plätzen waren, übergab der Schriftführer das Ergebnis an den Obmann.

»Sehr geehrter Herr Bürgermeister, sehr geehrte Vorstandskollegen, liebe Sparfreundinnen und Sparfreunde! Ich darf nunmehr das Ergebnis unserer Wahl des Vereinskassiers bekanntgeben. Es wurden insgesamt 52 Stimmen abgegeben, davon 51 gültige. Von diesen entfielen 24 auf Fahringer Manfred und …«

»Seid's ihr alle wahnsinnig?« Baumeister Josef Graminger sprang auf, sodass sein Stuhl umfiel und laut zu Boden krachte. »Ihr habt's ja keine Ahnung! Ihr, ihr …«

Er stürzte den letzten Rest seines Biers hinunter und verließ wutentbrannt das Extrastüberl.

»... 27 auf Gerl Peter. Herr Magister, Peter, ich gratuliere ganz herzlich zur Wahl zu unserem neuen Kassier!«

Alle im Raum sahen sich ein wenig hilfesuchend, wie denn jetzt zu reagieren sei, gegenseitig an. Einige sahen weg, zwei Raucher verließen den Raum, unklar, ob aus Solidarität mit Josef Graminger oder um ihre Sucht zu befriedigen. Die Wirtin trat ein und wunderte sich über die eigenartige Stimmung, die plötzlich in der Luft lag.

»Frau Wirtin, eine Runde Williams auf mich!«, rief Peter Gerl ihr zu. Die richtigen Worte zum richtigen Zeitpunkt. Und langsam löste sich die Anspannung, die ersten Gläser wurden gehoben, und kurz darauf war der frischgebackene Kassier von einer Traube Gratulanten, alle mit einem Stamperl in der Hand, umringt.

»Prost, Herr Magister!«

»Auf das Wohl unseres neuen Kassiers!«

»Peter, bitte«, sagte der frischgebackene Funktionär. »Danke sehr. Trinken wir auf das heilige Gerschtl!«

KOPULATIONEN

Der schwarze SUV bog rasant von der Landstraße ab. »Seetaverne« stand auf dem windschiefen und leicht angerosteten Wegweiser. Die Kantine mit dem etwas hochgegriffenen Namen am Gramakirchner Schotterteich war schon lange geschlossen, sie war eigentlich überhaupt nicht lange offen gewesen, zwei Saisonen, maximal drei. Wenn die Besitzer der Seehäuschen sich an den Sommerwochenenden am Schotterteich aufhielten, dann grillten sie im eigenen Garten, und unter der Woche verkehrten alle im *Goldenen Bock*, da war mit der *Seetaverne* kein Geschäft zu machen. Mangels öffentlichem Seezugang kamen auch keine auswärtigen Gäste.

Ebenso rasant, wie Bürgermeister Ernst Holzinger von der Landstraße abgebogen war, stellte er seinen SUV unter dem Carport neben dem flotten kleinen Sportwagen ab, der dort parkte.

Der dazugehörige Bungalow im klassischen 70er-Jahre-Stil mit Flachdach, umrahmt von einer dunkel gebeizten Holzschalung, lag am schönsten Uferabschnitt, das große Grundstück fiel flach zum Schotterteich ab, wo zwei ausladende Trauerweiden den langen Badesteg flankierten. Sein Amtsvorgänger hatte zu leben gewusst, und so lukrative Gelegenheiten wie die Aufschließung der

Gründe in der ehemaligen Kiesgrube der *Graminger Bau* nach deren vom Land großzügig geförderten Renaturierung hatte er sich nie entgehen lassen.

Die Hausherrin empfing ihn mit einem traditionellen Glas Prosecco. Das brachte sie immer am schnellsten in Stimmung.

»Prost, Ernsti.«

»Prost, Mausi.« Er setzte sich neben sie auf die Couch. »Und, freut er sich, dein Peter?«

»*Dein Peter*, muss das jetzt sein? Ich treffe mich hier nicht mit dir, um über meinen Mann zu reden. Oder über sonst jemanden von deinen Schäfchen, Herr Bürgermeister.« Friederike Gollinger-Gerl stellte das leere Prosecco-Glas ab und rutschte zu ihm.

»Ihr Männer macht aus dem Ganzen eine viel zu große Sache. In einem Monat redet niemand mehr darüber, und auch der Josef wird sich beruhigt haben.«

»Das würde ich gerne glauben«, seufzte Ernst Holzinger und öffnete seine Gürtelschnalle.

Der schwarze SUV bog rasant auf den Kiesweg und fuhr auf das große Anwesen zu. Der Lindinger-Hof stand majestätisch auf einem sanften Hügel etwas oberhalb von Gramakirchen. Josef Graminger parkte protzig am Rasenstreifen vor dem Küchengarten, was Maria Steininger hasste. An Tagen wie diesem wusste sie selbst nicht, warum sie dieses eigenartige Verhältnis nicht schon längst gelöst hatte. Sie hatte dieses ganze Machogehabe satt und auch die charmant chauvinistischen Zuwendungen nicht notwendig.

Aber immer noch besser, als allein zu sein. Und Gramakirchen und Umgebung strotzten auch nicht gerade vor Alternativen.

Grußlos betrat er die Stube und ließ sich in den Lehnsessel am Fenster fallen. »Mitzi, Schatz. Ich brauch' was Starkes!«

Sie schwankte, ob sie ihn ignorieren oder rausschmeißen sollte, entschied sich jedoch, wie so oft, für keines von beiden und schenkte ihm einen doppelten Obstler ein.

»Das ist ein undankbarer Haufen. Was habe ich nicht alles für sie getan? Womit habe ich mir das verdient? Was bilden sich die eigentlich ein? Wen glauben die, dass sie vor sich haben? Was haben sich die dabei gedacht? Wie stellen die sich das vor?« Er leerte den Obstler in einem Zug und zündete sich eine Zigarette an.

»Raus! Und zwar sofort.«

Kleinlaut verließ er den Raum und ging auf den Hof rauchen.

Der schwarze SUV bog rasant in die Abfahrt der Tiefgarage. Ludwig Piringer fuhr über die enge Rampe in die unterste Ebene und stellte sein Auto am Ende der Parkreihe ab. Man weiß ja nie, der Teufel schläft nicht. Er atmete immer erst durch, wenn er die Tür der Garconnière hinter sich zugezogen hatte. Der Wohnblock befand sich zwar in Groß-Öding, der 27 Kilometer von Gramakirchen entfernt gelegenen Bezirkshauptstadt, aber die Leute konnten einem ja an den unerwartetsten Plätzen zu den unmöglichsten Zeiten über den Weg laufen. Schließlich hatte Ludwig Piringer bei seinem letzten City-Trip mit Raiffeisen-Reisen nach Rom den Gemeindesekretär sogar mitten am Petersplatz getroffen. Den halben Tag musste er notgedrungen mit dem Idioten durch den Vatikan laufen, und an jeder Ecke machte der ein Selfie mit ihm, das er umgehend postete, seiner großen Community aus Followern verpflichtet, wie er nicht müde wurde zu betonen.

Renate Scheuringer erwartete ihn in der kleinen Küche, wo sie gerade zwei Gläser Eierlikör eingoss, nackt bis auf ihre Kellnerinnenschürze.

»Auf meinen Helden!«

Er nahm sein Glas, küsste sie und drückte sie an sich.

»Ach, komm. Ich kann dafür nichts.«

»Das kannst du wem anderen erzählen, aber nicht mir. Keine Angst, bei mir sind Geheimnisse gut aufgehoben, wie du weißt.«

Sie nahm ihn bei der Hand und zog ihn zur aufgeklappten Schlafcouch.

VORBEREITUNGEN

»Mehr als die Hälfte der Kameraden hat für den Gerl gestimmt, Alfred. Sonst hätte der nicht gewinnen können. Das wäre sich rechnerisch nämlich anders nicht ausgegangen. Und nach so etwas soll ich weiter eure Spanferkel zahlen? Vielleicht baut ihr das neue Feuerwehrhaus auch noch mit einer auswärtigen Baufirma, und ich darf weitersponsern? Hängt doch ein Transparent auf: ›Graminger Bau – dumm wie Beton‹! Wollt ihr vielleicht noch ein Notstromaggregat als Draufgabe? Oder was soll ich euch undankbarer Bagage noch alles in den Hintern schieben? Sucht euch doch einen anderen Trottel!« Sprach's und weg war er, der Graminger Josef.

Ganze drei Wochen vor dem Feuerwehrfest den Hauptsponsor zu verlieren, war schon heftig. Auch wenn es schließlich keine Überraschung war, wenn man das Temperament des Herrn Baumeister kannte.

Alfred Pointinger polierte die Motorhaube des alten Tanklöschers, der vor Kurzem außer Dienst gestellt, aber immer noch liebevoll gepflegt wurde. Mit diesem Steyr 590, Baujahr 1980, hatte er seine ersten Einsätze, über viele Jahre hatte ihnen die alte Dame gute Dienste geleistet, und funktionstüchtig wäre sie heute noch. Er war gerade in die Feuerwehrjugend eingetreten, als sie angeschafft worden war, und bei ihrer Taufe, als der damalige Bürgermeister sie nach seiner Frau *Barbara* nannte, stand er stolz in der ersten Reihe.

»Ist wer z' Haus? Halloooo!« Walter Dörflinger, der örtliche Fleischhauermeister, polterte in die alte Feuerwehrgarage und riss Alfred Pointinger aus seinen Gedanken. »Ah, der Herr Kommandant-Stellvertreter höchstpersönlich! Gut Wehr!«

»Gut Wehr! Hallo, Walter«, entgegnete der Angesprochene seufzend.

»Was ist los, Kamerad? Wo brennt's?«

Die Bemerkung rang dem Feuerwehrmann ein schwaches Lächeln ab.

»Ich weiß nicht, wie wir deine Spanferkel zahlen sollen. Das ist los!«

»Die braucht's doch nicht zahlen, Alfred. Die zahlt doch immer die *Graminger Bau*!«

»Eben nicht. Der Josef ist wütend wegen der Wahl vom Herrn Magister zum Kassier vom Sparverein. Und jetzt zahlt er uns nichts mehr!«

»Was hat die Feuerwehr mit dem Sparverein zu tun? Ich habe den Manfred gewählt. Ich weiß auch nicht, warum so viele für den Apotheker waren!«

»Der Josef sagt, die meisten Kameraden, die beim Sparverein sind, haben den Magister gewählt. Und das stimmt auch. Deswegen zahlt er nichts mehr. Das ist alles keine Überraschung für mich, aber trotzdem muss ich mich mit der neuen Situation auseinandersetzen.«

»Verstehe.« Der Fleischhauer schaute betreten. »Kann ich mir ein Bier nehmen?«

»Sicher.« Alfred Pointinger nickte in Richtung des großen Getränkekühlschrankes in der Ecke der Garage. »Und gib mir bitte auch eines.«

»Macht's euch keine Sorgen um die Spanferkel. Ich mach' euch einen Spezialpreis, und ihr zahlt mir erst nach dem Fest!«

»Geh, Walter, das können wir nicht annehmen!«

»Doch. Ich hänge ein kleines Werbeplakat zum Grill, dann haben alle etwas davon! So kann sich der Josef dann auch nicht aufregen, dass ihr weniger zahlt. Zum Wohl.«

Alfred Pointinger nickte strahlend und hob sein Bier.

»Prost. Und danke, Walter.«

UMBAU BEI GOLLINGER&PARTNER

»Fräulein Edinger, wann ist der Termin mit dem Herrn Dardan?«

»Um 11.30 Uhr, Herr Magister. Aber der heißt Kurti.«

»Kennen Sie den denn näher?«, fragte Peter Gerl verwundert.

»Nein, warum?«

»Na, weil Sie per Kurti mit ihm sind!«

»Nein, der Herr ist Kosovo-Albaner und heißt Kurti Dardan. Kurti ist sein Familienname.«

»Ach so! Danke, Fräulein Edinger. Bitten Sie ihn dann weiter, wenn er kommt, den Herrn Kurti.«

In der Steuerberatungskanzlei *Gollinger & Partner* war seit über 30 Jahren nichts verändert worden. Außer den Computern, die spät und auch sehr zum Unmut des verstorbenen Seniorchefs dann doch irgendwann angeschafft worden waren, und auch nur, weil man sonst keinen elektronischen Zugang zum Finanzamtsportal gehabt hätte.

Aber jetzt musste der ganze Mahagoni-Mief verschwinden, mitsamt den Raufasertapeten, Samtvorhängen und Kronleuchtern.

»Kurti. Guten Tag, Herr Magister! Es freut mich, Sie kennenzulernen.« Der Polier von *Graminger Bau* machte eine tiefe Verbeugung.

»Grüß Gott. Freut mich auch. Nehmen Sie Platz!«

»Darf ich Ihnen einen Kaffee oder etwas zu trinken anbieten«, fragte Fräulein Elfie Edinger.

»Einen Espresso, gerne.«

»Und mir bringen S' einen Verlängerten bitte!«

Sie setzten sich auf die beiden dunkelgrünen Chesterfield-Sofas.

»Sie stammen aus dem Kosovo, habe ich gehört? Seit wann leben Sie hier?«

»Ich bin 1999 mit meiner Familie geflohen, und wir sind nach einer Odyssee durch Bulgarien und Ungarn glücklicherweise nach Österreich gekommen, und ich bin geblieben.«

»Und wie verschlägt es einen genau nach Gramakirchen? Wenn man nicht einheiratet so wie ich?«, fragte der Steuerberater in jovialem Ton.

»Ich habe in Pristina Bauingenieurwesen studiert. Und nachdem mein Diplom hierzulande nicht anerkannt wird, habe ich irgendeine Arbeit in der Baubranche gesucht. Der Herr Baumeister Graminger hat damals Arbeiter gesucht. Also habe ich bei ihm als Maurer angefangen, und bald bin ich Polier geworden!«

»Wahnsinn, und meine größte Sorge ist es, die Sofas und den ganzen Krempel hier loszuwerden. Wir leben hier tatsächlich auf einer Insel der Seligen!« Peter Gerl schaute nachdenklich.

»Die zwei Kaffee für die Herren. Bitte schön!« Fräulein Elfie Edinger schloss die Tür wieder hinter sich.

»Und haben Sie noch Kontakt zu Ihren Verwandten in der Heimat?«

»Ja, natürlich. Wir fahren jedes Jahr zwei Mal nach Hause, und ich unterstütze meine Familie und meine Gemeinde. Ich bin auch der Obmann von Kids-Kosova, einem Verein, der ein Waisenhaus in Lipjan, meinem Heimatort, unterstützt. Wir sammeln alte Kleider und Spielsachen und bekommen von unserer kosovarischen Gemeinschaft hier in Österreich außerdem finanzielle Unterstützung. Das Sozialsystem im Kosovo kann man mit dem österreichischen leider nicht vergleichen, viele gemeinnützige Einrichtungen sind auf Zuwendungen von Exil-Kosovaren angewiesen.«

Peter Gerl hörte interessiert und sichtlich beeindruckt zu.

»Aber, Herr Magister, ich will nicht Ihre wertvolle Zeit mit meinen rührseligen Geschichten verschwenden.« Dardan Kurti griff in seine Aktentasche und legte einen Stapel Pläne auf den Mahagonitisch. »Ich habe Ihnen die aktuellen Ausführungspläne mitgebracht.« Er breitete die großen Plankopien vor dem Bauherrn aus.

»Und den Bauzeitplan für den Umbau habe ich ebenfalls vorbereitet, den würde ich gerne noch mit Ihnen abstimmen.«

STAMMTISCHRUNDE

»Ich dreh' zu.«

»Du kriegst doch nicht genug!«

»42. Ein Zehner, 52.«

Ernst Holzinger spielte ein Ass aus.

»63, und der König. 67, danke für die Mitarbeit. Zwei bei mir. Macht 3-Luft!«

Alfred Pointinger sammelte die Karten ein und mischte.

»Das war eine kurze Glückssträhne, mein lieber Herr Bürgermeister. Gleich wendet sich das Blatt zu meinen Gunsten!«

Der Angesprochene hob die Hand.

»Renate! Noch zwei große Gramakirchner bitte.«

Der Herr Feuerwehrkommandant-Stellvertreter ließ seinen Kontrahenten abheben und teilte aus. Drei – drei – eine auf …

»Aaah, das Herz-Ass! Schauen wir, wem das Glück bringt«, kiebitzte Herbert Irdinger.

… zwei – zwei – und die restlichen zum Abheben. Alfred Pointinger schaute hoffnungsfroh.

»20 in Kreuz«, sagte er an.

Ernst Holzinger stach mit dem Zehner, hob ab, tauschte das Herz-Ass gegen den Buben, legte diesen umgedreht auf den Stapel mit den restlichen Karten und schmunzelte.

»Der Zwanziger hilft dir leider nicht, Alfred.«

Er spielte Atout-Ass und Zehner aus und sagte zum krönenden Abschluss den Vierziger an.

»Ein Schneiderl!«, entfuhr es dem Kiebitz, was ihm einen vernichtenden Blick des Verlierers einbrachte. Aber die Wirtin rettete die Situation auf routinierte Weise.

»Drei Bier für die Herren! Ich hab' gesehen, dass du auch schon auf dem Trockenen sitzt, Herbert.«

Die fesche Wirtin zwinkerte ihrem Stammgast zu, sodass dieser sofort einen hochroten Kopf bekam.

»Danke, Renate. Was täten wir ohne dich?«, bedankte sich der Chorleiter, die Stammtischrunde prostete sich zu, und das soeben gespielte Bummerl gehörte schon wieder der Vergangenheit an.

Ernst Holzinger stellte sein Bier ab, wischte sich mit der Linken über den Mund und wandte sich an seinen Tischnachbarn.

»Wie laufen die Vorbereitungen für das heurige Feuerwehrfest, Alfred?«

»Alles auf Schiene, Ernst!«

»Obwohl ihr euren Hauptsponsor verloren habt, wie man hört?«, bohrte der Bürgermeister nach.

»Wir sind ja nicht abhängig vom Herrn Baumeister«, entgegnete Alfred Pointinger mit einer nicht zu überhörenden Betonung auf dem *wir*. »Aber unser Verein ist natürlich für jede Unterstützung dankbar. Ich hoffe, wir können auf eine großzügige Spende der Gemeinde für unsere Tombola zählen. Der Hauptpreis sucht noch einen Gönner!«

Bürgermeister Ernst Holzinger bereute schnell, das Thema angesprochen zu haben. Die Freude, die er gerade noch empfand, als er die Partie Schnapsen zu null gewonnen hatte, war sofort verflogen.

»Naja, es ist gerade ein schlechter Zeitpunkt, sich hier als Gemeinde zu exponieren«, presste er verlegen hervor.

»Wie, schlechter Zeitpunkt?«

Alfred Pointinger genoss es, den Bürgermeister in der Zwickmühle zu sehen, und hatte keine Lust, es ihm leicht zu machen. Man hätte glauben können, er hätte gerade die Kartenpartie gewonnen, so schelmisch lachte er über sein ganzes Gesicht.

»Ja, wegen der Sparvereinsgeschichte. Du weißt genau, wovon ich rede. Tu nicht so, als wärst du dir der Konsequenzen nicht bewusst.«

Er nahm sichtlich nervös einen großen Schluck von seinem Bier. »Was ist euch Kameraden da überhaupt eingefallen, gegen den Fahringer Manfred zu stimmen? Der ist doch ein netter Kerl und hätte bestimmt einen guten Kassier abgegeben.«

»Also ich sehe nicht, was der Sparverein mit der Freiwilligen Feuerwehr zu tun haben soll. Wir sind einfache Sparvereinsmitglieder. Kameraden sind wir nur bei der Feuerwehr. Und ich habe keinen Einfluss darüber, wie meine Kameraden bei der Wahl zum Sparvereinskassier stimmen!«

Alfred Pointinger donnerte etwas gar theatralisch seine Faust auf den Stammtisch, um das Gewicht seiner Worte zu verstärken.

»Du hast ja auch unbedingt eine anonyme Abstimmung fordern müssen«, wandte sich der Bürgermeister ruckartig an den auffällig zurückhaltend neben ihnen sitzenden Chorleiter.

»Ja, weil es so gehört, Ernst. Das steht auch in unseren Statuten.«

»Geh, hör' mir doch auf mit den Statuten. Das hat noch nie wen interessiert. Und ausgerechnet jetzt, wo der Apotheker antritt, kommt's ihr mir mit den depperten Statuten und wählt's den auch noch zum Kassier! Und ich habe die Scherereien!« Er leerte seinen Krug mit einem großen Schluck. »Renate!« Ein kurzes Kopfnicken in Richtung Wirtin. »Noch eins.«

»Ernst.« Herbert Irdinger seufzte, und sah den Bürgermeister eindringlich an. »Versuch doch einmal, das Positive an dem Ganzen zu sehen. Es kann doch nicht sein, dass der Josef als heimlicher Ortskaiser allen, samt dir, ewig anschafft, was in Gramakirchen passiert! Der Peter ist ein Garant dafür, dass die alten Machenschaften so nicht weitergehen können.«

»Der Peter?« Ernst Holzinger starrte sein Gegenüber an. »Der Peter ist ein Garant?« Er nahm sein Bier von der Wirtin entgegen, trank einen Schluck und fuhr fort: »Steckt's ihr alle unter einer Decke, oder was? War das ein abgekartetes Spiel von euch? Ich glaub's nicht.«

»Ernst.« Jetzt war es an Alfred Pointinger, die Situation zu retten. »Wie du gerade eben sehen konntest, bin ich kein guter Spieler. Aber der Herbert hat recht: Nach dem Tod vom Altbürgermeister kann in unserem schönen Ort ein Wandel eintreten.«

»Was ist so schlecht an dem, wie es ist?«, fiel ihm der Bürgermeister ins Wort.

»Nichts ist schlecht. Aber nicht alles ist richtig, und das weißt du genau! Wenn du dich jetzt nicht vom Josef emanzipierst, wirst du ewig seine Marionette sein! Das ist deine Chance, Ernst!«

»Ernst, Ernst, Ernst! Ihr redet euch so leicht. Emanzipieren. So einfach geht das nicht. Ich bin erst vor Kurzem mit dem Josef seiner Hilfe in mein Amt gewählt worden. Und auch die Gemeinde ist dem Josef sehr zu Dank verpflichtet. Ich kann ihm nicht von heute auf morgen in den Rücken fallen.« Er stockte kurz. »Ich empfinde da eine Verpflichtung zur Solidarität mit einem großen Gönner unserer Gemeinde.«

»Einem nicht ganz uneigennützigen Gönner«, kommentierte Herbert Irdinger.

»Ernst«, begann Alfred Pointinger von Neuem, »deine Solidarität in Ehren. Aber es hat sich mit dem Ableben unseres Altbürgermeisters und mit der Wahl des Sparvereinskassiers etwas geändert, nimm das zur Kenntnis. Und ich erwarte mir weiterhin seitens der Feuerwehr eine Unterstützung durch die Gemeinde. Verpflichtung, deinem Gönner gegenüber, hin oder her. Also überleg' dir was! Wir sehen uns nächste Woche am Fest.«

Der Feuerwehrkommandant-Stellvertreter trank aus und stand auf.

»Auf Wiederschauen, die Herrschaften!«

Josef Graminger betrat den Schankraum einen Moment nach Alfred Pointingers Abgang.

»Was ist mit unserem Herrn Brandrat-Stellvertreter? Wieso ist der gerade gegangen? Heute ist doch Stammtisch!«

Keiner gab ihm eine Antwort.
»Renate, gib mir ein großes Bier!«

37. FEUERWEHRFEST

Die Festwiese lag im strahlenden Sonnenschein. Nicht immer war es zu Christi Himmelfahrt so schön wie dieses Jahr. Deshalb hatte die Freiwillige Feuerwehr Gramakirchen schon vor Jahren ein Flugdach errichtet, um beim alljährlichen festlichen Höhepunkt unabhängig von den Kapriolen des zu dieser Jahreszeit sehr wechselhaften Wetters zu sein. Bei diesem prachtvollen Sonnenschein wäre man zwar lieber so wie früher unter blauem Himmel gesessen, aber es gab doch immer wieder Jahre, in denen man ohne das mit großzügiger Unterstützung der *Graminger Bau* errichtete Dach das Fest absagen oder zumindest verschieben hätte müssen.

Vor dem Flugdach stand der Fuhrpark der Freiwilligen Feuerwehr und glänzte in der Sonne. Die vier Feuerwehrautos wirkten auf der sattgrünen Wiese wie vier knallrote Kerzen auf einem Adventkranz. Von links nach rechts standen sie stolz in einer Stirnreihe: das Kommandoauto, das Rüstlöschfahrzeug, die imposante Drehleiter und natürlich der alte Tanklöscher.

»… freue ich mich, euch alle im Namen meiner Kameraden hier begrüßen zu dürfen, und ersuche ich unseren Herrn Bürgermeister um seine Eröffnungsworte und um den Anstich! Ernst, bitte.«

»Vielen Dank, Herr Kommandant.«

Ernst Holzinger trat aufs Podium und ließ seinen Blick kurz in die Runde schweifen.

»Sehr geehrter Herr Bezirkshauptmann,

verehrter Herr Hochwürden,

liebe Gemeindebürgerinnen und Gemeindebürger,

und nicht zuletzt geschätzte Kameradinnen und Kameraden,

es ist mir eine große Ehre, heuer zum ersten Mal unser Feuerwehrfest eröffnen zu dürfen, und das bei diesem Kaiserwetter!

Auch im letzten Jahr waren die Kameradinnen und Kameraden wieder unermüdlich im Einsatz unter dem Motto: löschen, retten, bergen und schützen.

Unzählige Stunden wurden wieder freiwillig für die Gemeinschaft geopfert. Darüber hinaus wurde wieder großartige Jugendarbeit geleistet, und auch der Einsatz zur Vorbereitung dieses Festes ist nicht zu unterschätzen.

Wie immer werden die Einnahmen für notwendige Anschaffungen genutzt – heuer steht die Finanzierung eines Notstromaggregates ganz oben auf der Liste. Ich werde mich natürlich kraft meines Amtes auch beim Land um Unterstützung bemühen – ich ersuche hierbei auch um Ihre geschätzte Unterstützung, Herr Bezirkshauptmann.«

Der Angesprochene nickte gönnerhaft.

»Aber ohne die Einnahmen aus Veranstaltungen wie dieser wäre vieles nicht möglich, und daher unterstützt auch die Gemeinde mit dem Hauptpreis der To-, der Tombo-, der Tombola …«

Baumeister Josef Graminger war erschienen und in

diesem Moment in das Blickfeld des Bürgermeisters geraten.

Ernst Holzinger versuchte, die Fassung wieder zu finden.

»Also: Kauft viele Lose von der tollen Tombola, das ist gut für die Feuerwehr. Und jetzt lasse ich euch nicht mehr länger warten, ihr seid bestimmt alle durstig bei dem schönen Wetter!«

Er nahm den Schlegel in die Rechte, platzierte den Zapfhahn und trieb ihn mit einem wuchtigen Schlag in das alte Holzfass.

»O'zapft is!«, rief er mit ein wenig aufgesetzt wirkender Fröhlichkeit in die johlende Menge.

Das Eröffnungsbierfass war schnell geleert, jetzt floss das Bier aus der Schankanlage, und der große Spanferkelgrill lief bereits auf Hochtouren.

Die schon seit vielen Jahren immer wieder gebuchte Coverband spielte einen 1980er-Hit nach dem anderen, und auf der Tanzfläche herrschte schon am frühen Nachmittag ein Gedränge wie im morgendlichen Pendlerbus nach Groß-Öding.

Bürgermeister Holzinger schwang das Tanzbein wie kein Zweiter. Gleich nach dem obligaten ersten Bier hatte er sich die bigotte Pfarrersköchin geschnappt, und danach ging es weiter mit der aktuellen Frau des Schulwartes, seiner Dritten, der spröden Gemeindesekretärin und schließlich der feschen neuen Briefträgerin.

Auch wenn es ihm mit der Briefträgerin jetzt endlich Spaß zu machen begann, wusste Ernst Holzinger, dass er nicht ewig weiter tanzen konnte und sich dem Zusammentreffen mit Josef Graminger früher oder später stellen musste. Aber man durfte diesen Moment wohl noch ein wenig hinauszögern. Er hatte den Baumeister schon länger nicht mehr gesehen und hatte keinesfalls mit dessen Erscheinen beim Feuerwehrfest gerechnet. Und dann kam er auch noch ausgerechnet zum unpassendsten Moment.

Mittlerweile war tatsächlich der ganze Ort versammelt. Auch aus den Gemeinden des Abwasserverbandes waren einige Gäste gekommen, und es waren sogar ein paar Leute da, die man gar nicht kannte.

Nach einigen Rock'n'Roll-Einlagen mit der Briefträgerin brauchte der Bürgermeister schließlich eine Pause. Er ging zur Ausschank, um sich ein Bier zu holen.

»Ein Krügerl für unseren Gemeindevorsteher«, kam ihm Baumeister Josef Graminger zuvor. »Aber Ernst, kein Grund zusammenzuzucken, wenn dir ein einfacher Gemeindebürger ein Bier ausgibt!«

»Ich …« Der Bürgermeister sparte sich eine Rechtfertigung. »Danke, Josef. Prost!«

»Prost, Ernst. Auf dein Wohl und das unserer Gemeinde!«

Ernst Holzinger war froh, dass er verschwitzt von der Tanzfläche gekommen war, so merkte der spendable Baumeister wenigstens nicht, dass er jetzt noch mehr schwitzte. Er fühlte sich so gar nicht wohl in seiner Haut, und gerade hier und heute brauchte er keine unangenehme Konfrontation.

»Ernst, ich nehme an, du bist überrascht, mich hier

zu treffen«, kam Josef Graminger gewohnt schnell zum Punkt, ersparte seinem Gegenüber die Antwort und fuhr gleich fort.

»Ich war, wie du weißt, nicht begeistert vom unkameradschaftlichen Verhalten der Kameraden.«

Der Bürgermeister war nicht nur nassgeschwitzt. Jetzt musste er auch noch dringend auf die Toilette. Die Musik war so laut, dass der Baumeister fast schreien musste, mitten in der Menschentraube vor der Ausschank, und das bei einer Angelegenheit, die jetzt wirklich nichts für die Ohren aller Gemeindebürger war. Ernst Holzinger wünschte sich einfach nur weg.

»Josef, du entschuldige, ich muss dringend aufs Klo«, nahm er sich ein Herz. »Reden wir doch auf der Wiese weiter. Ich bin gleich wieder da.«

Er drückte dem überrumpelten Baumeister sein Krügerl in die freie Hand und ging eiligen Schrittes davon. Früher hätte ich in so einer Situation so lange wie möglich zusammengezwickt, dachte er bei sich, ein wenig stolz auf seine Courage.

Er hatte eigentlich auch nicht damit gerechnet, dass der Baumeister mit den beiden Krügeln in Händen auf der Wiese vor den Toilettencontainern auf ihn warten würde.

»Danke, Josef. Prost noch einmal!« Irgendwie empfand er seine Position jetzt gestärkt. Es hilft, wenn man sich Erleichterung verschafft, wenn man sie braucht. In jeder Hinsicht.

»Also, Ernst. Was ich sagen wollte, war …«, versuchte der Baumeister fortzufahren, wo er unterbrochen worden war.

»Grüß Gott, Herr Bürgermeister!«

»Guten Tag! Hallo!«

»Ernst. Wenn wir zwei vor dem Klo stehen, kommen wir nicht zum Reden«, erinnerte Josef Graminger leicht genervt an ihr Gespräch beim Leichenschmaus des Altbürgermeisters.

»Stellen wir uns doch da rüber, da ist es ruhiger. Also, Ernst, noch einmal: Ich wollte dir mitteilen, dass ich heute hierhergekommen bin, um ein Signal der Versöhnung zu setzen.«

Ernst Holzinger hätte sich um ein Haar an seinem Bier verschluckt.

»Jetzt schau nicht so ungläubig«, fuhr Josef Graminger fort. »Es ist, wie es ist, und ich bin ein Mitglied dieser wunderbaren Dorfgemeinschaft, und ich geh' nicht nicht auf das Feuerwehrfest, nur weil die Kameraden nicht wissen, was sich gehört. Und ich bin ein Mensch, der seinen Blick nach vorne richtet und nicht zurück.«

Der Bürgermeister sah erleichtert aus. Durch die leichte frühlingshafte Brise, die über die Wiese strich, schwitzte er auch nicht mehr so stark.

»Prost, Josef«, sagte er und lächelte. »Darauf trinken wir. Auf die Zukunft unserer schönen Gemeinde!«

»Darf ich dir unseren Herrn Bürgermeister entführen?« Maria Steininger küsste Josef Graminger auf die Wange, hakte sich bei Ernst Holzinger unter und entschwand mit ihm Richtung Tanzfläche, bevor der Baumeister etwas sagen konnte.

Alfred Pointinger stand schwitzend am Spanferkelgrill und strahlte. Gerade hatte der Fleischhauermeister Walter Dörflinger Nachschub gebracht. Das schöne Wetter sorgte für guten Appetit bei den zahlreichen Festgästen, und Durst natürlich. In Gedanken rechnete der Feuerwehrhauptmann-Stellvertreter schon die Einnahmen hoch. Das Notstromaggregat war auch ohne die finanzielle Unterstützung der *Graminger Bau* in Reichweite.

»Du bist den heutigen Umsatz der Feuerwehr doch nicht neidig, Johnny?« Herbert Irdinger saß dem Wirt vis-à-vis auf der Biertischgarnitur und ritzte mit seinen Fingernägeln Muster in das rot-weiß-rot karierte Papiertischtuch, während sein Gegenüber etwas säuerlich den Blick in die Runde schweifen ließ.

»Neidig? Ach geh. Unser Feuerwehrfest gehört zu Gramakirchen wie die Grammeln zum Schmalz. Wenn man das als Dorfwirt nicht versteht, ist man ein Trottel. Und der bin ich nicht. Auch wenn ich mich gerade so fühle«, antwortete er kryptisch.

»Warum fühlst du dich denn wie ein Trottel, Johnny?« Der Chorleiter hatte nach seinem fünften Krügerl schon einen leicht verzögerten Zungenschlag und sah den Wirt fragend an.

»Ach nichts. Ich habe nur …« Er zögerte. »Für meinen Geschmack reden die Renate und der Herr Sparvereinsobmann ein bisschen gar viel miteinander. Jetzt stehen sie schon eine halbe Stunde an der Bar, und vorher haben sie schon fünf Mal miteinander getanzt.«

»Du zählst mit?«

»Nein, ich zähl nicht mit! Oder doch. Aber darum geht es ja nicht. Punkt ist: Da haben wir einmal im Jahr unser Gasthaus zugesperrt und gehen gemeinsam hierher, und dann sitze ich da mit dir!« Er schaute Herbert Irdinger entschuldigend an.

»Nichts für ungut, Herbert.«

»Geh, Johnny, es wird schon nichts sein. Die Renate kommt auch nie raus, und da möchte sie sich heute eben auch amüsieren. Komm, trink' noch eins!« Er winkte dem Kellner der Feuerwehrjugend.

»Sebastian, noch ein Bier für den Herrn Wirt!«

Je mehr schwarze Luft aufstieg, wie man das Aufkommen der Abenddämmerung im Gramakirchner Jargon halblustig bezeichnete, desto dichter wurde die Atmosphäre, desto ausgelassener wurde die Stimmung, desto enger drängten sich die Paare auf der Tanzfläche, desto voller besetzt waren die Bierbänke, desto lauter wurde die Musik der Combo, desto schneller wurde die Abfolge der Bierbestellungen und desto hitziger wurden die Debatten geführt. Die Festwiese vibrierte in Feierlaune.

»Darf ich um den nächsten Tanz bitten?« Ernst Holzinger verbeugte sich vor Friederike Gollinger-Gerl und bot ihr seinen Arm zum Geleit an.

Die Angesprochene, die neben ihrem Gatten am Biertisch saß, wirkte ein wenig überrascht, kam der Aufforderung aber ohne Zögern nach und ging mit dem Bürgermeister zur Tanzfläche. Ihr Mann sah ihr hinterher.

»Bist du gescheit, Ernsti?«, entfuhr es ihr vorwurfsvoll. »Du kannst doch nicht einfach zum Tisch kommen, an dem ich mit meinem Mann sitze, und mich wegholen! Was glaubst du, denken sich die Leute. Und der Peter erst.«

»Die Leute denken sich, dass wir ein fesches Paar abgeben«, strahlte der Bürgermeister gut gelaunt. Seit seinem Gespräch mit Baumeister Josef Graminger war er in Hochstimmung. »Und dein Mann wird auch nichts dabei finden, wenn das Gemeindeoberhaupt mit der Tochter seines Amtsvorgängers tanzt. Ich habe schließlich heute schon mehrere Damen aus unserer schönen Gemeinde mit meinen Tanzkünsten beglückt. Natürlich war keine so hübsch wie du, Schatzi!«

»Jetzt hör' auf mit dem Schatzi vor all den Leuten hier«, flüsterte sie und stieß ihm ihren Ellenbogen unsanft in die Rippen. »Ich finde nur, wir sollten vorsichtig sein. Was bist du denn überhaupt so überdreht?«

»Das macht der Walzer, Scha…«, er sah ihren warnenden Blick. »… Fritzi. Und außerdem ist es ein herrlicher Abend. Und außerdem hatte ich ein gutes Gespräch mit dem Josef. Und außerdem liebe ich dich!«

»Schluss jetzt! Schrei es doch gleich ins Mikrofon«, zischelte sie, sah ihn dabei aber recht geschmeichelt an. »Wie, ein gutes Gespräch? Wie kann man ein gutes Gespräch mit dem Josef haben?«

»Der Herr Baumeister wollte ein Signal der Versöhnung setzen.« Ernst Holzinger drehte sie einmal um ihre Achse und zog sie wieder zu sich. »Und er will nach vorne schauen und nicht zurück!«

Seine Tanzpartnerin machte ein übertrieben ungläubiges Gesicht, dann lächelte sie und meinte: »Der Frühling macht offenbar vor keinem halt!«

Peter Gerl schaute trübsinnig in sein Weinglas. Bis zu seinem Tisch hatte sich die lockere Stimmung noch nicht ausgebreitet. Von Zeit zu Zeit hob er den Blick in Richtung Tanzfläche, wo seine Gattin vom örtlichen John Travolta zu ihrem offensichtlichen Vergnügen herumgewirbelt wurde. Er wusste, dass die beiden mehr als nur die Tanzleidenschaft verband. Aber musste man ihn vor dem ganzen Dorf bloßstellen? Er wollte heimgehen, aber das würde wohl noch zusätzlich die Gerüchteküche anheizen.

»Ist hier noch frei, Herr Magister?«

Peter Gerl schreckte aus seinen Gedanken auf.

»Ach, Herr …«, er überlegte, »Herr Polier …«

»Kurti.«

»Kurti? Peter.«

Er strecke ihm seine Hand entgegen. Der Kosovare schüttelte diese.

»Dardan.«

Der Steuerberater und Sparvereinskassier schaute verwirrt.

»Ach so. Dardan Kurti. Guten Abend. Bitte nehmen Sie Platz!«

Peter Gerl zeigte auf den leeren Platz, den seine Frau hinterlassen hatte.

»Eine gute Atmosphäre haben Sie hier«, versuchte sich der Kosovare in höflicher Konversation.

»Wir? Wieso?« Der Steuerberater schaute verwirrt. »Ach so. Ja, wir.« Ein Wir-Gefühl hatte er in Gramakirchen jedenfalls noch nicht entwickelt. »Ja, wir haben eine hervorragende Stimmung hier!« Er lächelte verkrampft.

»Möchten Sie ein Glas Wein?« Er hob die vor ihm stehende Bouteille an und bot an, Wein in ein danebenstehendes leeres Glas zu schenken, da zog er die Hand zurück. »Oh, nein, Verzeihung. Sie trinken ja nicht! Oder doch? Entschuldigen Sie, ich bin heute keine gute Gesellschaft.«

»Vielen Dank. Ich nehme gerne ein Glas Wein«, antwortete Dardan Kurti höflich. »Der Kosovo ist ein sehr säkulares Land, müssen Sie wissen.«

Peter Gerl lächelte und schenkte ein.

»Ich habe gerade den beeindruckenden Fuhrpark Ihrer Feuerwehr bewundert«, fuhr der Kosovare fort. »Die Feuerwehr in meiner Heimatgemeinde wäre schon froh, wenn sie so einen Tanklöscher hätten wie Ihren ausgemusterten Oldtimer.«

»Wirklich? Haben Sie nicht noch Ausrüstung von vor den Jugoslawienkriegen?«

»Ja, aber die stammt aus einer Zeit, als Tito noch ein junger Partisan war«, entgegnete Dardan Kurti lachend.

»Erzählen Sie mir mehr von Ihrer Heimat«, sagte Peter Gerl interessiert. »Und von Ihrem großartigen Projekt für die Kinder.«

Während der Kosovo-Albaner leidenschaftlich von seinem Hilfsprojekt und der Situation in seiner Heimatgemeinde berichtete, steuerte das Feuerwehrfest seinem Höhepunkt zu.

»... ist es mir eine Ehre, unseren Herrn Bürgermeister zu bitten, die Ziehung der Tombola durchzuführen. Im Namen der Freiwilligen Feuerwehr Gramakirchen und aller Kameraden darf ich mich bei dieser Gelegenheit nochmals herzlich für die großzügige Spende des Hauptpreises durch die Gemeinde bedanken!«

Der Feuerwehrhauptmann übergab das Mikrofon an das Gemeindeoberhaupt.

»Danke, vielen Dank! Gut Wehr, Kameradinnen und Kameraden, liebe Gäste aus Nah und Fern, Hochwürden, …«

Der sichtlich illuminierte Bürgermeister hob zu einer Ansprache an, doch zur Erleichterung aller folgte der neuerlichen Begrüßung keine Rede, sondern er startete das Glücksrad mit einem kräftigen Schwung und starrte auf dessen Umdrehungen so aufgeregt wie ein Kind auf den erleuchteten Christbaum.

Händeschüttelnd, umarmend und Küsschen gebend verteilte er anschließend generös die Preise an die glücklichen Gewinner.

Nach dem obligaten Foto mit der Gewinnerin des Hauptpreises für das Bezirksblatt ging es wieder in Richtung Bar, die sich mittlerweile zum Zentrum des Geschehens entwickelt hatte.

»Johnny, du wirst doch heute nicht schwächeln!« Ernst Holzinger klopfte dem Wirt, der etwas verloren an der Theke lehnte, aufmunternd auf die Schulter. »Zwei Bier für den Herrn Wirt und mich.«

»Hast du die Renate gesehen, Ernst?« Johnny Scheuringer schaute hilfesuchend in die Runde.

»Oder den Piringer Ludwig?«

»Nein, wieso?« Der Bürgermeister gab ihm ein Bier.

»Was brauchst du denn vom Ludwig?«

»Ich frage mich eher, was die Renate vom Ludwig braucht«, antwortete der Wirt.

»Ach, was du dir wieder einbildest!« Ernst Holzinger war die Sympathie des Sparvereinsobmanns für die fesche Wirtin nicht verborgen geblieben.

»Die Renate ist sicher nur am Klo, und der Herr Bankdirektor verkauft bestimmt wieder jemandem eine Lebensversicherung!«

FRONLEICHNAM

Am darauffolgenden Donnerstag hingen dicke schwarze Regenwolken tief und schwer über dem Ort. Aber Pfarrer Piotr Santak hatte seit 5 Uhr halbstündlich seine Wetter-App abgefragt, und nachdem diese das Einsetzen des Regens erst für den Nachmittag prognostizierte, entschloss er sich, die Prozession wie gewohnt auch an diesem Fronleichnamstag abzuhalten. Ein Fronleichnam ohne Prozession hätte er als persönliche Niederlage angesehen, das war nun einmal einer seiner besten Auftritte im Kirchenjahr.

Es tröpfelte leicht, als der Zug aus der Kirche kam, aber die zahlreichen Kirchgänger waren alle gut mit Schirmen ausgestattet, und der Pfarrer schritt sowieso geschützt unter dem Baldachin und dementsprechend würdevoll über die mit Blütenblättern bestreute Bundesstraße.

»Hast du gehört? Mein Chef und der Johnny sind allein heimgegangen vom Feuerwehrfest!«

Elfie Edinger, die Sekretärin von Magister Peter Gerl, ging in der Mitte der Prozession neben ihrer Schulfreundin Maria Steininger.

»Wie meinst du, allein?«

»Beide ohne Gattin. Weil die schon weg waren!« Elfie Edinger genoss ihr Insider-Wissen.

»Woher weißt du das?«

»Ich war unter den Letzten. Ich habe beim Aufräumen geholfen und selbst gesehen, wie die beiden gehörnten Herren gemeinsam einsam heimgewankt sind.«

»Und mit wem sind die Damen abgezogen?«

»Man weiß nur, dass der Herr Direktor und der Herr Bürgermeister auch nicht bis zum Schluss geblieben sind«, berichtete die Sekretärin verschwörerisch.

Die tuschelnden Damen wurden von Pfarrer Piotr Santak unterbrochen, der mit seiner Predigt fortfuhr.

Die Fronleichnamsprozession hatte den nächsten Segensaltar, der direkt vor dem Portal der Raiffeisenkassenfiliale aufgebaut worden war, erreicht. Das große Giebelkreuz des Banklogos konkurrierte ein wenig mit dem provisorisch für den Feiertag errichteten schlichten Holzkreuz. Die Szenerie der vor der postmodernen Bankfiliale mit ihrer strahlend gelben Fassade versammelten Kirchengemeinde wirkte ein wenig skurril, als wollte der Pfarrer dem schnöden Mammon huldigen.

»Da hinten stehen sie aber alle in trauter Zweisamkeit«, flüsterte Maria Steininger ihrer Freundin immer noch ungläubig zu. Das Wirtspaar und Friederike Gollinger-Gerl samt ihrem Magister standen jeweils einträchtig nebeneinander.

»Na, wer wird schon bei der Fronleichnamsprozession mit dem Angebeteten Händchen haltend herumlaufen?« Elfie Edinger verdrehte vielsagend die Augen.

Die Ministranten hoben den Baldachin wieder an, der Pfarrer nahm die Monstranz in beide Hände, und die lange Prozession zog weiter in Richtung Fleischhauerei, wo wie jedes Jahr der nächste Segensaltar aufgebaut war.

»Es schauen alle her, weil 's jeder weiß, dass du mit dem Ludwig …«, zischelte Johnny Scheuringer seiner Frau zu.

»Das bildest du dir ein«, schnitt sie ihm das Wort ab. »So wie so manches. Noch einmal zum Mitschreiben: Ich hatte Kopfweh, bin deshalb heimgegangen und habe mich niedergelegt.«

»Du hast das ganze Jahr kein Kopfweh. Warum solltest du ausgerechnet am Feuerwehrfest welches gehabt haben? Und wenn doch, warum bist du dann nicht zu mir gekommen? Und das, wo du dich gerade eben noch so gut mit dem Herrn Direktor amüsiert hast?«

Pfarrer Piotr Santak intonierte das nächste Lied.

»Danke, dass du mitgekommen bist, Peter.« Friederike Gollinger-Gerl wollte ihrem Mann die Hand geben, doch der zog seine weg.

»Ich mache das nicht für dich, sondern um nicht den letzten Rest Respekt in dieser Ortschaft zu verlieren«, entgegnete der Steuerberater kühl. »Schlimm genug, dass ich für alle nur der Auswertige bin, der sich ins gemachte Nest vom Herrn Altbürgermeister gesetzt hat. Der Akademiker oder Apotheker, wie die halblustige Landbevölkerung zu spotten pflegt, der lieber ein gepflegtes Glas Wein als ein Gramakirchner Pils trinkt. Schlimm genug, dass ich nicht akzeptiert werde, aber ich muss mich nicht auch noch zum Gespött der Leute machen, weil mir meine Frau Hörner aufgesetzt hat!«

Friederike Gollinger-Gerl seufzte, und eine Weile gingen sie schweigend nebeneinanderher.

»Sie hätten dich doch nicht zum Kassier gewählt, wenn sie dich nicht leiden könnten«, unternahm sie noch einen Anlauf, seine Stimmung zu heben.

»Sie haben mich zum Kassier gewählt, *obwohl* sie mich nicht leiden können. Um dem Herrn Baumeister eins auszuwischen«, sagte er so laut, dass sich vor ihnen ein paar Leute umdrehten. Der Zug war soeben vor der Fleischhauerei zu stehen gekommen. »Aber die werden schon noch alle schön schauen«, sagte er mehr zu sich selbst.

Das Wetter hielt sich nun doch nicht an die App des Pfarrer-Handys, und genau in dem Moment, als der Geistliche mit der Predigt fortfahren wollte, öffnete der Himmel direkt über der Fleischhauerei seine Schleusen.

AUSZAHLUNG

Die große Fritteuse brutzelte schon erwartungsfroh in der Küche. Heute hätten selbst die wenigen Gäste, die weniger oft kamen, blind in den *Goldenen Bock* finden können, der Geruch des Frittierfettes lag über halb Gramakirchen. Ohne ein wenig vorzuarbeiten, könnte Johnny Scheuringer mit seinem Team den Einheitshunger nach Paniertem an einem Tag wie diesem nicht abdecken. Und für die Zielgruppe lag die Priorität eindeutig auf der Minimierung der Zeitspanne zwischen Bestellung und Lieferung, als darauf, dass jedes servierte Schnitzel gerade frisch aus dem heißen Fettbad gekommen war.

Die jährliche Sparvereins-Auszahlung war schließlich das absolute Highlight des Wirtshausbilanzjahres.

Obwohl der Haussegen im *Goldenen Bock* nach wie vor gehörig schief hing, war davon nichts zu merken, die Wirtsleute zogen an einem Strang. Das Geschäft ging immer vor.

Ungewöhnlich war diesmal nur, dass bisher weder der Obmann noch der Kassier in den *Goldenen Bock* gekommen waren, obwohl die Auszahlung bereits in einer halben Stunde beginnen würde. Normalerweise war da schon längst alles vorbereitet worden. Der Beamer musste für die PowerPoint-Präsentation des Jahresabschlusses getestet werden, die Folder gehörten mit einer Zusammenfassung aller Infos auf den Plätzen zurechtgelegt, und natürlich sollte sich noch ein schnelles Bier gegen die Nervosität des folgenden Auftritts ausgehen.

Aber der alte Kassier weilte nicht mehr unter ihnen, und sein Nachfolger war jetzt wahrhaft nicht der Geselligste. Selbst am Feuerwehrfest saß er lieber mit dem jugoslawischen Polier am Biertisch, anstatt bei den Männern vom Ort an der Bar zu stehen.

Wahrscheinlich war er nicht in Feierlaune gewesen, weil seine Frau sich mit dem Herrn Bürgermeister absentiert hatte. Aber er mischte sich auch sonst nicht unter die Leute.

Der Sparvereinsobmann hatte jedenfalls gute Gründe, nicht früher als unbedingt nötig im *Goldenen Bock* zu erscheinen. Johnny Scheuringer war verständlicherweise nicht gut auf den Herrn Direktor Piringer, wie er seinen alten Freund Ludwig in letzter Zeit zu nennen pflegte, zu sprechen.

Dem Umsatz tat die Abwesenheit des halben Vorstandes jedoch keinen Abbruch, da schon zahlreiche einfache Vereinsmitglieder rechtzeitig vor der Auszahlungssitzung in den *Goldenen Bock* gekommen waren, um nichts zu versäumen.

Wie jedes Jahr liefen schon die Wetten, wer denn dieses Jahr als bester Sparer ausgezeichnet werden würde. Nach dem außer Konkurrenz antretenden Baumeister

Graminger natürlich. Der spielte in seiner eigenen Liga. Aber das Schöne am Sparverein war unter anderem, dass beim Abschlussessen auch diejenigen, die gerade einmal die Mindestquote erfüllten, genauso ihre traditionelle Leberknödelsuppe, ihr riesiges Schweinswiener mit Petersilkartoffeln, Preiselbeeren und gemischtem Salat und als krönenden Abschluss die herrliche Malakofftorte von der Renate bekamen wie die Rekord-Sparer.

»Renate«, beeilte sich Manfred Fahringer heuer wieder, den alten Witz anbringen zu können: »Schaust du eh auf die Torte, damit sie dir nicht verbrennt?«

Ernst Holzinger betrat die Wirtsstube.

»Grüß Gott, Herr Bürgermeister. Servus, Ernst!«

»Grüß euch, alle miteinander!« Der Ortschef schüttelte jedem Einzelnen die Hand oder klopfte ihm auf die Schulter. »Johnny, ein Bier bitte!«

»Hast du den Ludwig und den Herrn Magister gesehen?«, wandte sich Herbert Irdinger an den Neuankömmling.

»Der Ludwig parkt sich gerade ein«, antwortete er. »Vom Magister weiß ich nichts.«

Da kam auch schon der angesprochene Obmann herein. Auch er begrüßte alle Anwesenden und entschuldigte sich bei jedem Einzelnen für sein spätes Erscheinen.

»Wollen wir gleich in den Saal?«, fragte er. Offensichtlich war es ihm unangenehm, ein Bier an der Schank beim Wirt zu bestellen.

»Der Magister ist noch nicht da.«

»Ach so«, Ludwig Piringer zögerte, dann gab er sich

notgedrungen einen Ruck: »Dann würde ich vorher noch ein Bier trinken, Johnny.« Er sah ihn verunsichert an. »Bitte.«

Nach dem zweiten Bier im Schankraum griff der Sparvereinsobmann zu seinem Handy und versuchte, seinen Kassier zu erreichen, kam aber nur auf dessen Mobilbox.

»Johnny, war der Herr Magister vorher schon da, um alles vorzubereiten?«, nahm er sich ein Herz, nachdem er langsam ungeduldig wurde.

»Er war gestern hier, hat die Kassa ausgeräumt und abgerechnet«, brummelte der Wirt betont knapp.

»Und heute war er noch nicht da wegen der Präsentation?«

»Nein, ist aber auch nicht meine Aufgabe, darauf zu schauen«, gab er mit vorwurfsvollem Unterton zurück. »Aber es wäre jetzt bald Zeit für das Essen.«

Ludwig Piringer probierte nochmals, Peter Gerl telefonisch zu erreichen, steckte seufzend sein Handy in die Tasche, klatschte in die Hände und rief: »Also gut, meine Herren, gehen wir hinüber! Ich denke, wir sind alle hungrig!«

Die Sparvereinsmitglieder ließen sich nicht zweimal bitten.

Nachdem die Gesellschaft Platz genommen und die Wirtin nochmals Getränke aufgenommen und serviert hatte, wandte sie sich an den Obmann: »Ludwig, wir müssten jetzt die Suppe auftragen, sonst kommen wir in der Küche nicht mehr zurecht!«

Ludwig Piringer blickte den neben ihm sitzenden Bürgermeister fragend an, und nachdem dieser mit den Schultern zuckte, nickte er Renate Scheuringer zu.

»Liebe Mitglieder unseres Sparvereins!« Der Obmann klopfte kurz mit seinem Löffel gegen sein Bierglas, um sich Gehör zu verschaffen. »Wie immer begrüße ich euch ganz herzlich zu unserer jährlichen Auszahlung hier im *Goldenen Bock*. Nachdem unser neuer Kassier noch auf sich warten lässt …«, er setzte einen möglichst vorwurfsvollen Blick auf, »… werden wir heuer eben die Präsentation auf nach dem Essen verschieben. Man muss Prioritäten setzen, und ich denke, da geht unser leibliches Wohl vor!« Er prostete in die Runde, und die Runde prostete zurück.

Der Wirtshaussaal mit seiner schlechten Akustik verstärkte die Schlürfgeräusche der offenbar hungrigen Sparvereinsmitglieder, die die Leberknödelsuppe unüberhörbar in vollen Zügen genossen.

»Was ist mit dem Herrn Kassier los?« Bürgermeister Ernst Holzinger beugte sich zu Ludwig Piringer und deutete auf die protzige Fliegeruhr auf seinem Handgelenk.

»Woher soll ich das wissen?« Der Obmann wischte sich mit der Stoffserviette mit dem aufgestickten goldenen Bock die Rindsuppe von den Lippen. »Kannst du nicht bei der Fritzi anrufen und fragen, was mit ihm ist?«

»Warum ich?«, antwortete Ernst Holzinger reflexartig, holte aber dennoch gleich sein Handy aus der Tasche, wählte und unterhielt sich leise.

»Sie hat ihn seit heute Morgen nicht gesehen. Er hatte ihr gesagt, dass er nach dem Büro gleich hierherfahren würde, um alles für den Auszahlungsabend vorzubereiten.«

Die beiden sahen sich ratlos an.

»Was machen wir, wenn der nicht spätestens bis zur Malakofftorte kommt?«, sagte Ludwig Piringer, als plötzlich die Tür aufgerissen wurde und Werner Prendinger, seines Zeichens örtlicher Briefträger, aber und vor allem auch Löschmeister der Freiwilligen Feuerwehr Gramakirchen, hereinstürmte, was im Übrigen ganz und gar nicht seiner Mentalität entsprach. Er lief zum Feuerwehrkommandant-Stellvertreter Alfred Pointinger, der gleich neben dem Bürgermeister und dem Obmann saß, und platzte fast atemlos heraus: »Alfred, die *Barbara* ist fort!«

BERATUNG DER GEMEINDEGRANDEN

Die Hiobsbotschaft des Löschmeisters, dass die alte *Barbara*, der ganze Stolz der Freiwilligen Feuerwehr, gestohlen worden war, hatte am Auszahlungsabend für gehörige Unruhe gesorgt. Sofort wollten alle anwesenden Kameraden, angeführt von Alfred Pointinger, zur Feuerwehr eilen, aber im selben Moment kam die Wirtin durch die Tür, trug die Schnitzel auf und ließ es nicht zu, dass jemand seinen Platz verließ. Die *Barbara* war schließlich schon weg, da konnten sie zuerst einmal die Hauptspeise essen auf den Schreck.

Als sie sich nach der Hauptspeise doch noch in Richtung Feuerwehr aufmachen wollten, erhob sich Ludwig Piringer mit ernster Miene, ersuchte alle zu bleiben und um ihre Aufmerksamkeit.

Mit der nun folgenden Ansprache des Obmannes versank der Abend vollends im Chaos.

Nach den während des Essens von Ludwig Piringer eiligst durchgeführten Recherchen zu schließen, war Magister Peter Gerl mit den Einzahlungen des ganzen letzten Jahres verschwunden! Der Sparvereinskassier hatte am Vortag wie dies – obgleich satzungswidrig –

üblich war, die Kassa geleert und die Jahresabrechnung vorgenommen. Seitdem er danach den *Goldenen Bock* verlassen hatte, war er nicht mehr gesehen worden.

Gleich nach den bestürzenden Worten von Ludwig Piringer sprangen schon wieder einige aufgebrachte Sparer auf und wären um ein Haar als gewaltbereiter Mob zum Haus des Steuerberaters gezogen. Nur durch die Geistesgegenwart des Obmannes, der auf den Schreck hin eine Lokalrunde schmiss, konnte eine unüberlegte Panikreaktion vermieden werden.

Der Wirt ließ sich auch nicht lumpen und zog mit einer Runde Freibier nach, also blieben die Vereinsmitglieder endgültig im *Goldenen Bock*, und die aufgebrachten Gemüter beruhigten sich mit steigendem Alkoholpegel.

Zu später Stunde vereinbarte man schließlich eine Krisensitzung für den nächsten Morgen.

»Danke, dass ihr alle gekommen seid!« Ernst Holzinger blickte staatstragend in die große Runde. »Heute ist ein Tag, an dem wir zusammenstehen müssen wie ein Mann.«

Ein zustimmendes Murmeln ging durch den überfüllten Wirtshaussaal.

Der Bürgermeister und die Vertreter der Feuerwehr hatten sich in der aufgeheizten Stimmung des vergangenen Abends nicht darauf einigen können, ob man die so eilig anberaumte Krisensitzung am folgenden Sonntagmorgen im Gemeinderatssitzungssaal oder im Mannschaftsraum der Feuerwehr abhalten sollte. Das Angebot von Johnny Scheuringer, sich wieder im *Goldenen Bock* zu versammeln, war da gerade recht gekommen. Und als die Wirtin fast flehentlich nachgesetzt hatte, dass sie die übrig gebliebene Malakofftorte schließlich nicht wegschmeißen könne, war der Wirtshaussaal als Versammlungsort für die außerordentliche Notfallsitzung von allen dankend angenommen worden.

Renate Scheuringer bahnte sich nach den Begrüßungsworten des Bürgermeisters auch schon ihren Weg durch die Menge und servierte – ein wenig die Geduld des ohnehin angespannten Gemeindeoberhauptes strapazierend – jedem ein Stück ihrer herrlichen Haustorte aus den in Milch und Rum getränkten Biskotten, umhüllt von einer unnachahmlichen Creme aus Butter, Eiern, Zucker, Mandeln und reichlich Schlagobers samt einem Extra-Gupf daneben. Ihr Mann kredenzte gleichzeitig einen starken Kaffee, sodass in dieser schweren Stunde zumindest gut für das leibliche Wohl aller gesorgt war.

Während der servierbedingten kurzen Wartezeit herrschte zwischen dem Feuerwehrhauptmann-Stellvertreter und dem Sparvereinsobmann hektische Betriebsamkeit, und nachdem jeder seine Torte und seinen Kaffee vor sich stehen hatte und Ernst Holzinger endlich fortfahren wollte, fiel ihm Ludwig Piringer ins Wort und ersuchte um ebendieses. Es wäre wichtig.

»Danke, Herr Bürgermeister.« Er nickte ihm zu.

»Liebe Sparvereinsmitglieder, es brennt ein Licht in dieser dunklen Stunde«, hob er theatralisch an und schaffte es damit auch, die uneingeschränkte Aufmerksamkeit aller Anwesenden zu bekommen.

Die Spannung im Saal war zum Zerreißen.

»Mir wurde vom Feuerwehrhauptmann-Stellvertreter soeben ein Aktenkoffer übergeben, den er in der Feuerwehrgarage heute früh am Platz der *Barbara* vorgefunden hat.« Er hob einen schwarzen Aktenkoffer hoch und schwenkte ihn in alle Richtungen. Ein Raunen ging durch die Menge.

»Unser Löschmeister, der Werner, hat diesen Koffer gestern – im Zuge der Ereignisse muss man sagen verständlicherweise – offensichtlich übersehen.«

»Alfred, was ist drinnen in dem Koffer?«, rief jemand ungeduldig.

Der Sparvereinsobmann schlug mit dem Kaffeelöffel gegen sein Glas, verschaffte sich wieder Gehör und fuhr mit ernster Stimme fort.

»Im Koffer befinden sich die Ersparnisse aller Mitglieder, also fast …« Abermals ging ein Raunen durch den Saal.

»… also fast aller Mitglieder.« Er hielt kurz inne und wandte sich an den drei Plätze neben ihm sitzenden Baumeister Josef Graminger.

»Laut der ebenfalls im Koffer befindlichen Abrechnung scheinen die Einzahlungen von dir zu fehlen, Josef.«

Der Baumeister, der gerade ein Stück Malakofftorte im Mund hatte, verschluckte sich. Herbert Irdinger, der links von ihm saß, klopfte ihm schnell ein paar Mal auf den Rücken.

Alle Blicke waren auf Josef Graminger gerichtet. Er wischte sich mit der Serviette das Schlagobers von den

Lippen, starrte kurz sein Kaffeehäferl so an, als würde er es gleich erwürgen, schob ruckartig seinen Stuhl zurück, stand auf und knallte seine Faust auf den Tisch, sodass der Kaffee überschwappte.

»Das wird er bereuen, der dahergelaufene Apotheker! Das kann man mit mir nicht machen!« Er schnaufte und blickte finster in die Runde. »Das kann man mit Josef Graminger nicht machen.«

Er nahm seine Jacke von der Stuhllehne und ging eilig Richtung Tür.

»Josef, bleib da!«, rief Ernst Holzinger ihm nach.

Doch der Baumeister machte nur eine abwehrende Handbewegung und verließ den Saal.

Alle redeten wild durcheinander. Die meisten Anwesenden waren sichtlich erleichtert, dass ihre Ersparnisse auf so mysteriöse Art und Weise wiederaufgetaucht waren. Einige wollten den Koffer und seinen Inhalt sehen. Andere gingen schnell eine Zigarette rauchen, um ihre Nerven zu beruhigen.

Nach ein paar Minuten, die er zur Verarbeitung der Ereignisse für angemessen hielt, versuchte sich Ludwig Piringer wieder Gehör zu verschaffen.

»Liebe Freunde, lasst mich bitte noch ein paar ergänzende Worte sagen!« Der Schallpegel im Saal ging zurück, und er konnte fortfahren.

»Neben dem Geld hat unser Kassier in den Koffer zwar die Jahresabrechnung gelegt. Wir wissen aber nicht, um welchen Fehlbetrag es sich bei der entnommenen Einzahlung von Graminger Josef handelt.«

In diesem Moment betrat das angesprochene Opfer nochmals den Saal, sagte knapp: »Keine Polizei, Ludwig. Wir brauchen dafür keine Polizei.« Er machte kehrt und ging wieder.

Wieder erhob sich ein Stimmengewirr. Die ersten Raucher kamen wieder retour und erkundigten sich, was sie gerade versäumt hatten. Trotz der frühen Stunde wurden die ersten Biere bestellt.

Diesmal war es der Bürgermeister, der die Anwesenden um Ruhe bat und sich schließlich Gehör verschaffte.

»Liebe Sparvereinsmitglieder, liebe Kameraden, ich ersuche um eure Aufmerksamkeit. Danke, lieber Ludwig, für deine Worte. Ich bin sehr froh, dass wenigstens die braven kleinen Sparer verschont geblieben sind von diesem verbrecherischen Akt, der sich gestern hier in unserer Mitte ereignet hat. Dennoch ist dies eine ernste Stunde für unsere Gemeinde und für mich.«

Wie eine Welle ging ein zustimmendes Kopfnicken durch den Saal.

»Und ich schlage aufgrund der neuen uns vorliegenden Informationen vor, in einer kleinen Arbeitsgruppe die weitere Vorgangsweise zu erörtern. Ich bitte daher die Herren Piringer Ludwig, Pointinger Alfred und Fahringer Manfred zu mir. Alle anderen ersuche ich in der Zwischenzeit um ihr Verständnis und ein wenig Geduld. Ich werde mich sofort nach unseren Beratungen wieder an euch wenden!«

Die schnelle Reaktion und das souveräne Handeln des Gemeindeoberhauptes sorgten für allgemeinen Respekt und Zustimmung.

Die Mitglieder der Arbeitsgruppe zogen sich ins Extrastüberl zurück.

Da davon auszugehen war, dass die Arbeitsgruppe einige Zeit für ihre Besprechung brauchen würde, ging knapp die Hälfte der Anwesenden zur Sonntagsmesse. Die anderen standen in der Wirtsstube beisammen und entwickelten wildeste Verschwörungstheorien, warum der neue Kassier das Geld des Baumeisters und den Tanklöscher gestohlen und sich abgesetzt hätte. Alle waren sich sicher, dass er nicht weit kommen würde. Auch, dass der Baumeister die Polizei nicht einschalten wollte, bot Anlass zu heftigen Spekulationen.

Es war alles andere als ein normaler Sonntagsvormittag im *Goldenen Bock*. Vielleicht wurde nicht viel mehr Bier als sonst ausgeschenkt. Aber die Gespräche waren lauter und intensiver.

Gerade als der Wirt sich über den »Apotheker am Steuer der *Barbara*« lustig machte, ging die Tür auf, und er verstummte.

Friederike Gollinger-Gerl betrat die Wirtsstube. Sie sah aus, als hätte sie in der letzten Nacht kein Auge zugemacht. »Wo ist denn der Ernst?«, wandte sie sich an Johnny Scheuringer, der in Richtung Extrastüberl zeigte. Kaum war die Frau des flüchtigen Kassiers zum Bürgermeister gegangen, brodelte die Gerüchteküche noch stärker.

Nach einer Viertelstunde, die sich so lang wie die Ostermesse von Pfarrer Santak angefühlt hatte, kam sie wieder heraus und verließ schnurstracks den *Goldenen Bock* genauso grußlos, wie sie gekommen war.

Die Kirchgänger waren bereits wieder eine Weile retour, und die Wirtsleute trugen den Frühschoppen auf. Diejenigen, die geblieben waren, brachten jene, die weg gewesen waren, auf den letzten Stand. Renate Scheuringer servierte der Arbeitsgruppe Getränke und belegte Brote. Sofort wurde sie bestürmt, ob sie etwas gehört hätte. Jeder war ungeduldig und gespannt, was wohl beschlossen würde.

Kurz vor Mittag öffnete sich endlich die Tür des Extrastüberls, und die Mitglieder der Arbeitsgruppe traten heraus. Alle folgten ihnen sofort in den Wirtshaussaal.

Der Bürgermeister musste niemanden um Ruhe bitten, der ganze Saal hing an seinen Lippen.

»Liebe Freunde. Danke, dass ihr alle geschlossen hier mit uns zusammensteht. Und vielen Dank für eure Geduld. Wir haben nach ausführlicher Behandlung der außergewöhnlichen Situation unsere Beratungen abgeschlossen.«

Man merkte einigen in der Runde an, dass sie sich wünschten, der Bürgermeister würde wenigstens dieses eine Mal schneller zum Punkt kommen.

»Zuerst möchte ich euch darüber in Kenntnis setzen, dass wir von der Gattin des Flüchtigen um Diskretion gebeten wurden. Also, das heißt, die Fritzi hat die Feuerwehr in Person des Hauptmannstellvertreters ersucht, bis auf Weiteres von einer Anzeige in der Angelegenheit Entwendung des Eigentums der Freiwilligen Feuerwehr in Form der *Barbara* Abstand zu nehmen.«

Unruhe kam im Saal auf.

»Das kann sie sich vom Heiligen Florian wünschen, die Gnädigste!«, rief einer der Anwesenden aufgebracht.

»Der gehört angezeigt, der Kerl, sofort!«, ein Zweiter.

Andere wiederum meinten, das würde man in Gramakirchen schon unter sich ausmachen.

»Bitte, meine Herren«, ergriff Alfred Pointinger das Wort. »Ich habe Friederike mein Wort gegeben, dass wir mit einer Anzeige erst einmal zuwarten werden. Möglicherweise erweist sich die ganze Angelegenheit doch als Missverständnis und löst sich bald in Wohlgefallen auf. Aber der Herr Bürgermeister wird euch über die weiteren geplanten Schritte informieren. Bitte, Ernst!«

»Danke, Alfred. Wir werden die missliche Angelegenheit schnellstmöglich selbst bereinigen, und zwar ohne großes Aufheben zu machen. Gramakirchen will schließlich nicht zum Gespött unserer Gegend werden. Wenn wir eine polizeiliche Anzeige erstatten, haben wir heute noch die ganzen Schreiberlinge von den Bezirksblättern im Ort.«

Zustimmendes Murmeln machte sich breit. Die Journalisten der Lokalpresse brauchte man jetzt tatsächlich nicht.

Ernst Holzinger ließ das Gesagte kurz wirken, dann fuhr er in staatsmännischem Ton fort.

»Wir werden eine Taskforce, also eine Truppe von Freiwilligen, zusammenstellen, die sich namens unserer Gemeinde, unseres Sparvereins und unserer Feuerwehr um die Aufklärung der unerfreulichen Ereignisse kümmern wird. Wir hoffen in diesen Belangen auf eure tatkräftige Unterstützung.«

Ein Johlen ging durch die Menge. Alle waren begeistert, einige gestikulierten wild mit ihren Armen, um sich zu melden, aber der Bürgermeister beruhigte die Menge und gab weitere Instruktionen.

»Die Freiwilligen Feuerwehren bilden ein großartig funktionierendes Netzwerk. Der Hauptmannstellvertreter hat den Mitgliedern der Arbeitsgruppe dankenswerterweise kurz erläutert, wie diese Kommunikationsstruktur funktioniert. Und wir glauben daher, dass wir darauf aufbauend den Flüchtigen in der *Barbara* schnell ausfindig machen werden. Es ist ja doch ein etwas auffälliges Fluchtfahrzeug, das sich der Herr Magister da ausgesucht hat«, schilderte der Bürgermeister zum Gaudium aller.

»Und dementsprechend wird unsere Feuerwehrleitstelle ab sofort ständig besetzt, und sobald die ersten Informationen über den vermeintlichen Aufenthaltsort oder die Route des Flüchtenden bekannt sind, werden die Mitglieder der Taskforce die Verfolgung aufnehmen!«

Die letzten Worte hatte er mit erhobener Stimme in den Saal geschmettert, und seine politische Rhetorik verfehlte ihre Wirkung nicht.

Die versammelten Anwesenden sprangen von ihren Stühlen auf, applaudierten und jubelten ihrem Gemeindeoberhaupt frenetisch zu, der mit der Größe der Aufgabe über sich hinauszuwachsen schien.

VERFOLGUNG

KONSULTATIONEN

Sie öffnete ihm ihre Haustür, und er trat schnell ein. Er hatte sich noch nie hier, in der Gollinger-Villa, mit ihr getroffen. Natürlich war er schon oft da gewesen, als der Altbürgermeister noch gelebt hatte. Sie trafen sich sonst ausnahmslos nur im Seehaus. Aber heute Nacht war das egal. Ihr Vater war schließlich nicht mehr, und ihr Mann war auf der Flucht, mit der *Barbara*!

Er nahm sie wortlos in seine Arme und drückte sie fest an sich. Sie hatte geweint. Und sie war ungeschminkt.

»Wird schon wieder, Fritzi«, sagte der Bürgermeister und strich ihr übers Haar.

Sie seufzte, löste sich aus seiner Umarmung und führte ihn an der Hand in die Wohnküche.

»Ein Achterl Zweigelt, Ernsti?«

»Einen Enzian bitte, Mausi.«

Sie schenkte zwei Stamperl Schnaps ein, und sie prosteten sich zu.

»Er ist kein Verbrecher, der Peter«, begann sie, nachdem beide die leeren Gläser abgestellt hatten.

»Ich verstehe nicht, was in ihn gefahren ist. Was geht ihn das Schwarzgeld vom Josef an? Und was macht er bitte mit einem alten Feuerwehrauto? Das ist alles absurd. Und so peinlich für mich. Ich traue mich ja gar nicht mehr unter die Leute!«

»Ach geh. Die Leute reden über ihn, aber nicht über dich.«

»Geh bitte. Was hat sie denn unbedingt einen Auswärtigen heiraten müssen? Und einen Akademiker dazu. Weil sie glaubt, dass sie was Besseres ist, die Tochter des alten Bürgermeisters. Das hat sie jetzt davon!«

Sie schenkte ihnen noch zwei Stamperl Enzian ein.

»Prost, danke.« Ernst Holzinger trank seinen zweiten Schnaps wie üblich wieder auf ex aus.

»Mausi, wir haben eine Taskforce eingesetzt, und wir werden das alles bald aufgeklärt haben. Diskret. Und du wirst sehen, bald redet keiner mehr darüber! Auch als Bürgermeister bin ich daran interessiert, dass dieses Thema schnellstmöglich abgeschlossen wird und wieder Ruhe einkehrt im Ort.«

Sie ließ ihn warten. Er klopfte ungeduldig mit dem schweren Messingring des Türklopfers am Haustor. Maria Steininger war es langsam leid, dass er immer nur dann zu ihr kam, wenn er seinen Frust abladen musste.

»Was machst du so lang?«

»Ich freue mich auch, dich zu sehen, Josef.«

Sie ging, ohne ihm weitere Beachtung zu schenken, Richtung Küche.

»Entschuldigung, dass es mir schlecht geht!«, rief ihr Josef Graminger selbstmitleidsvoll hinterher und folgte ihr.

Er zog reflexartig eine Zigarettenpackung aus der Jackentasche, steckte sie aber nach einem vernichtenden Blick der Hausherrin sofort wieder zurück.

»Hast du einen Zweigelt für mich, Mitzi?«

Sie entkorkte die auf der Kücheninsel stehende Rotweinflasche und goss ihnen zwei Gläser ein. Wortlos stießen sie an und tranken den ersten Schluck.

»Was mache ich mit dem Verrückten? Das ist doch ein Wahnsinn, so etwas! Ich habe es immer schon gesagt, aber auf mich wollte ja niemand hören.« Er trank und hielt ihr sein leeres Glas hin, damit sie ihm nachschenken sollte.

»Ich bin mir sicher, dass die Leute sich auch noch lustig machen über mich! Dem Baumeister fehlt es eh nicht! Es trifft wenigstens keinen Armen! Wird schon einen Grund haben, warum er keine Polizei einschalten möchte.«

»Josef, reiß' dich zusammen.« Sie sah ihn an.

»Sei froh, dass der Ernst versucht, die delikate Angelegenheit diskret zu regeln. Sonst hast du ganz andere Probleme als den Verlust deiner Sparvereinseinzahlungen vom letzten Jahr!«

»Weißt du eigentlich, von wie viel …«

»Es interessiert mich nicht, wie viel Geld du über den Sparverein waschen wolltest«, schnitt sie ihm das Wort ab. »Die Gier ist ein Laster.«

»Jetzt bin ich also auch noch der Böse, weil man mir mein Geld stiehlt? Ich, der ich den Ort immer unterstützt habe, wo ich nur konnte.«

»Ich, ich, ich. Geh hör' doch auf, Josef!« Sie stellte ihr Glas ab, sodass der Rotwein herausschwappte.

»Ich verstehe auch nicht, was der Herr Magister mit dem Geld und der *Barbara* machen will. Und wahrscheinlich wird er damit auch nicht weit kommen. Aber dir würde es jedenfalls nicht schaden, wenn du einmal zum Nachdenken anfangen würdest, aus welchen Gründen du den Ort eigentlich immer so gönnerhaft unterstützt hast und ob deine Schwarzgeldgeschichten auf Dauer so gescheit sind.«

Sie sah sich um und stieg zu ihm in den Wagen. Ludwig Piringer gab ihr einen Kuss und fuhr los.

»Wie geht es dir, Spatzi?« Renate Scheuringer legte ihre linke Hand auf seine rechte, mit der er den Schalthebel bediente.

»Ich wäre froh, wenn endlich wieder einmal Ruhe einkehren würde bei uns im Ort!« Er schaltete einen Gang hinunter und beschleunigte.

»Der ganze Wahnsinn ist nicht nur anstrengend, sondern auch noch schlecht fürs Geschäft. In Zeiten der Verunsicherung investiert doch niemand etwas. Und jetzt haben die Leute auch noch Angst um ihre Anlagen. Wenn ich das geahnt hätte, wäre ich nie dabei gewesen bei unserem blöden Komplott.«

»Aber Spatzi«, sie streichelte ihm über den Handrücken, »das hat wirklich niemand wissen können. Und deine ewigen Probleme mit dem Graminger Josef seinem Schwarzgeld-Waschen bist du für immer los!«

Sie lachten beide.

Er bog von der Landstraße auf den Rastplatz bei der Aussichtswarte, parkte das Auto und drehte die Scheinwerfer ab.

»Ich frage mich, was der vorhat mit dem Geld vom Josef und mit der *Barbara*«, sinnierte der Sparvereinsobmann, während die Wirtin ihre Strumpfhose auszog.

»Der ist doch kein Gauner. Erstens ist er nicht der

kriminelle Typ, und zweitens hätte er dann das ganze Geld genommen. Und wieso die *Barbara*?«

»Wenigstens ist einmal etwas los bei uns im Ort«, erwiderte seine Beifahrerin und setzte sich mit einem gekonnten Schwung rittlings auf seinen Schoß.

ON THE ROAD

Peter Gerl schwitzte.

Er hatte nicht gewusst, wie schwierig es werden würde, den in die Jahre gekommenen Tanklöscher zu bändigen.

Zwischengas geben.

Das hatte er irgendwann einmal gehört, dass man das früher bei alten Lastwagen machen musste. Aber gemacht hatte er das noch nie. Er fuhr seit Jahren ein Automatikgetriebe. Noch nie hatte er verstanden, warum noch so viele Leute, besser gesagt, noch so viele Männer, Autos mit Schaltgetriebe kauften. Wohl nicht, um darauf vorbereitet zu sein, wenn sie einmal einen alten Tanklöscher entführen würden.

Gleich beim Wegfahren hatte er gegoogelt [Wikipedia 16.02.2020/Zwischengas], wie man mit dieser betagten Dame umzugehen hatte:

»Das Herunterschalten mit Zwischengas und das Heraufschalten mit Doppelkuppeln gilt als unumgänglich beim Einlegen nicht-synchronisierter Gänge bei Getrieben. Der Grund dafür ist, dass derartige Getriebe im Gegensatz zu synchronisierten Getrieben nicht in der Lage sind, die höhere Drehzahl des niedrigeren Ganges von selbst an die niedrigere Drehzahl des darüber liegenden Ganges anzupassen.

Der Fahrer muss die Drehzahl des Getriebes durch einen Zwischengasstoß an den schnellerdrehenden niedrigeren Gang anpassen. Umgekehrt muss er durch Doppelkuppeln die Drehzahl des Getriebes an den langsamer drehenden, höheren Gang anpassen.

Hinaufschalten:

Kupplungspedal durchtreten
Schalthebel in die Leerlaufposition bringen
Kupplungspedal wieder loslassen, um die Drehzahl der Getriebewelle auf die passende und nun niedrigere Drehzahl des nun höheren Ganges zu bringen
Kupplungspedal wieder niedertreten und den höheren Gang einlegen

Wenn sich der Schalthebel in Leerlaufposition befindet und die Kupplung geschlossen ist, wird ein Teil des Getriebes an die Motordrehzahl gekoppelt, während der andere Teil über das Differential an die Geschwindigkeit der Räder gekoppelt ist. Durch das Zwischengas wird die Drehzahl des motorseitigen Getriebezweigs erhöht und auf eine möglichst gleiche Drehzahl (Synchrondrehzahl) gebracht wie der radseitige Getriebezweig, sodass auch ohne Synchronringe oder bei defekter Synchronisierung geschaltet werden kann.

Hinunterschalten:

Kupplungspedal durchtreten
Schalthebel in die Leerlaufposition bringen
Kupplungspedal wieder loslassen

Kurz Gas geben
Kupplungspedal wieder niedertreten und den niedrigeren Gang einlegen

Manchmal kann das Doppelkuppeln auch entfallen, weil das Getriebeöl wegen seiner Viskosität die Nebenwelle auch etwas abbremst.«

Gott! Viskosität des Getriebeöls. Nebenwelle.

Das war wahrlich nicht seine Welt. Er war ein besonnener Zahlenmensch. Im Grunde fuhr er schon auch gerne Auto, aber was sich unterhalb der Motorhaube verbarg, hatte ihn noch nie interessiert. Und jetzt tat er sich das hier an!

Andererseits jedoch fühlte er sich äußerst lebendig, jung und dynamisch. Er spürte seinen Körper mit jeder Muskelfaser.

Oder war das schon ein Muskelkater im rechten Oberarm vom vielen Schalten?

Es tat wahnsinnig gut, etwas zu tun, von dem man überzeugt war. Und er war sich sicher, dass es richtig war, was er tat. Ein wenig verrückt, aber in Ordnung. Und was die anderen von ihm dachten, war im gleichgültig. Die Dorfgemeinschaft von Gramakirchen hatte ihn sowieso nie wirklich aufgenommen, nicht als einen der Ihren akzeptiert. Zu groß war die Kluft zwischen den einfachen Leuten und dem Akademiker aus der Stadt. Für sie. Er hatte sich nie für abgehoben gehalten und er dachte auch, dass das Landleben mit der hübschen Tochter des Bürgermeisters eine schöne neue Erfahrung für ihn sein würde. Aber er musste zugeben, dass es ihm mit den meisten Leuten an gemeinsamen Themen mangelte, und dass ihn die meisten Gespräche langweilten. Fritzi hatte dafür kein Verständnis. Sie war nun einmal immer schon integriert im Ort und kannte seine Probleme nicht. Es war auf der Hand gelegen, dass sie irgendwann die wachsende Leere in ihrer Beziehung auffüllen würde. Dass sie ausgerechnet mit dem Nachfolger ihres Vaters im Amt des Bürgermeisters eine Affäre beginnen würde, entbehrte zwar nicht einer gewissen Ironie, aber man konnte grundsätzlich auch nichts Schlechtes über ihren Geliebten sagen.

Er verriss das Lenkrad.

Mit diesem alten Kasten durfte man sich keine Sekunde der Unaufmerksamkeit leisten.

In dem antiquierten Führerhaus gab es keinerlei Fahrerassistenzsysteme wie einen Müdigkeitswarner oder einen Spurhalteassistenten. In seinem Coupé hatte er das immer für unnötig empfunden, aber am Steuer eines so einschläfernden Diesellasters wären diese elektronischen Helfer jetzt wiederum sehr nützlich.

Man konnte nichts Schlechtes über ihren Geliebten sagen? Außer, dass er mit seiner Frau ein Verhältnis hatte, der verlogene Kerl.

Nach dieser Mission wird das alles ohnehin Geschichte sein. Also nicht das Verhältnis der beiden, eher seines mit Frau. Und sein Leben in Gramakirchen.

Wahrscheinlich war Ernst der bessere Deckel für den

Fritzi-Topf als er selbst. Oder umgekehrt. Also Fritzi-Deckel auf Ernst-Topf. Das traf es wohl besser. Jedenfalls passten der Peter-Deckel und der Fritzi-Topf oder vice versa nicht mehr richtig zusammen. Falls sie je hatten. Doch, eine Zeit lang schon. Es muss ja nicht alles immer schlecht gewesen sein, nur weil es das dann mit der Zeit wurde. Sie hatten auch ihre guten Zeiten. Ja, sie hatten ihren Spaß miteinander. Er wurde kurz ein wenig sentimental.

Aber so war das Leben. Beste Voraussetzungen, etwas Neues zu beginnen, etwas zu bewirken. Und das würde er.

Wenn er dieses zickige alte Feuerwehrauto über die Distanz bringen würde. *Barbara*? Komm, *Barbara*, wir beide schaffen das!

TASKFORCE

Der Sonntag verlief ruhiger, als man sich seitens der Taskforce erhofft hatte. Trotzdem die Leitstelle sofort mit drei Kameraden besetzt wurde, waren am Nachmittag immer noch keine Nachrichten über den Verbleib des auffälligen alten Tanklöschers eingetroffen.

»Machst du dir Sorgen um die *Barbara*?«

»Ich hoffe, dass er sie nicht demoliert, der Apotheker!«

»Der hat bestimmt keine Ahnung, wie man mit so einer alten Dame umgehen muss!«

»Der haut uns noch ihr Getriebe zusammen!«

»Oder er hat einen Kolbenreiber!«

»Der kommt nicht weit.«

Alfred Pointinger steckte seinen Kopf herein.

»Gibt's etwas Neues, Kameraden?«

»Nein, Alfred. Wir melden uns!«

Er nickte und ging wieder in den Sozialraum der Freiwilligen Feuerwehr, wo er mit seinen beiden Kollegen aus dem mobilen Team der Taskforce, Herbert Irdinger und Walter Dörflinger, beisammensaß und gespannt darauf wartete, dass sie die Verfolgung des Fluchtfahrzeuges endlich aufnehmen konnten.

Die drei Männer waren nominiert worden, da sie auch für eine zwar unwahrscheinliche, aber professionellerweise einzukalkulierende mögliche längere Dauer der Mission abkömmlich waren.

Die Schulferien des Mittelschullehrers Alfred Pointinger hatten gerade begonnen. Herbert Irdinger hatte als Pensionist keine Verpflichtungen außer der Leitung des Kirchenchors, und diese musste sich der wichtigeren Aufgabe unterordnen. Und der örtliche Fleischhauermeister Walter Dörflinger war erstens sein eigener Herr, zweitens liefen die Geschäfte in den Sommermonaten traditionell schlecht, und drittens hatte er vehement darauf bestanden, in entscheidender Position mitzuhelfen, das war Ehrensache für ihn.

»Alfred! Herr Kommandant!«

Sie liefen in die Einsatzzentrale.

»Wir haben soeben einen Hinweis erhalten. Ein Steyr 590 Tanklöscher wurde auf der B145 zwischen Pichl-Kainisch und Lupitsch gesichtet.«

»Auf der Salzkammergut-Bundesstraße!«

»Jawohl, im Ausseerland.«

»Was macht er dort?«

»Los, meine Herren! Nichts wie hinterher.« Der Feuerwehrhauptmann-Stellvertreter unterband jegliche Diskussionen im Keim. Dazu war jetzt keine Zeit. Vielmehr galt es zu handeln.

»Ihr haltet uns via Mobiltelefon über aktuelle Entwicklungen am Laufenden«, rief er den Kameraden zu und eilte mit seiner Entourage aus der Leitstelle.

Das mobile Team sprang in Le-Mans-Start-Manier in den Wagen, und sie rasten los wie die Feuerwehr.

»Wo fährst du hin, Alfred?«, wollte Herbert Irdinger vom Rücksitz wissen, gleich nachdem die PS-starke Limousine rechts in die Hauptstraße eingebogen war.

»Zur Autobahn!«, antwortete der Fahrer.

»Wieso?«

»Wieso nicht? Da sind wir am schnellsten!«

»Über die Bundesstraße sind wir doch viel schneller!«

»Sicher nicht.«

»Soll ich es im Navi eingeben?«, regte Walter Dörflinger an.

»Ja bitte, aber schnell«, gab der Lenker etwas genervt zurück.

Walter Dörflinger versuchte sich recht umständlich vom Beifahrersitz am Navigationssystem von Alfred Pointingers Auto.

»Bundesstraße, sag' ich doch«, kam es da von hinten.

»Was heißt, sag' ich doch?«

»Google Maps meint, wir wären über die Bundesstraße um sieben Minuten schneller, ohne Maut.«

»Wie, ohne Maut?«

»Die geben an, ob man auf einer Route Maut zahlen muss oder nicht.«

»Ich habe ein Autobahnpickerl, also genauer gesagt eine digitale Vignette«, kam es wieder gereizt vom Fahrersitz.

»Trotzdem sind wir langsamer über die Autobahn, da hilft auch dein digitales Pickerl nichts.«

»Jetzt bin ich aber schon fast da.«

»Dann fahr' eben über die Autobahn. Kostet uns sieben Minuten.«

»Die hole ich locker ein«, erklärte Alfred Pointinger genervt und beendete damit die Debatte.

GRENZÜBERTRITT

Peter Gerl schwitzte.

Er hatte viel zu viel Bargeld bei sich und saß in einem Feuerwehr-Oldtimer mit der Aufschrift »Freiwillige Feuerwehr Gramakirchen«. Noch 500 Meter bis zur Staatsgrenze.

Was sollte er den Grenzbeamten erzählen, wenn sie ihn nach dem Zweck seiner Reise befragen würden? Wieso hatte er sich in diese Lage gebracht? Er, der Streber, der immer funktioniert hatte. Ein systemkonformer, unauffälliger, eher introvertierter Charakter mit plötzlichem Auszucker. Ein typischer Schläfer quasi! Bei dem Gedanken musste er schmunzeln. Aber was hatte ihn tatsächlich geritten, sich in diese Situation zu manövrieren? Im wahrsten Sinne des Wortes. Ohne Not. Was ging ihn das eigentlich alles an? Er hatte ein bequemes Leben, ausgesorgt sozusagen. Vielleicht nicht gerade glücklich, aber bestimmt auch nicht unglücklich. Keine wahnsinnig berauschende Selbsterkenntnis. Aber das hier soll jetzt besser sein? 250 Meter. Zu spät, um umzudrehen.

Vielleicht würden sie ihn doch einfach durchwinken?

Gewunken wurde. Aber nicht durch. Ein korpulenter Grenzbeamter lief sogar auf ihn zu und gestikulierte wild. Peter Gerl brachte *Barbara* zum Stillstand und kurbelte das Fenster herunter.

»Ja bitte?«

»Sie sind hier falsch!«, sagte der Grenzbeamte etwas atemlos.

»Geht es hier nicht nach Ungarn?«

Der Grenzer rollte vielsagend mit den Augen.

»Nach Ungarn geht es hier schon, aber Sie fahren auf der Pkw-Spur! Und in 100 Metern hätten Sie sich an unserem Flugdach die hübschen Blaulichter von Ihrem museumsreifen Einsatzfahrzeug gerissen, Kamerad!«

»Oh, Verzeihung.« Er war so in Gedanken gewesen, dass er nicht daran gedacht hatte, mit seinem Tanklöscher die Lkw-Spur nehmen zu müssen.

»Da vorne rechts, der Herr!«

Er lenkte *Barbara* nach rechts und bemühte sich redlich, das Schalten möglichst reibungslos hinzubekommen, damit er nicht noch mehr auffiel, als er das ohnehin schon tat. Sein Hemd klebte großflächig am Kunstleder des Fahrersitzes.

Es war schon spät, und der Grenzübergang war fast ausgestorben.

»Papiere, bitte.«

»Guten Abend!« Peter Gerl stieg herunter und streckte demselben Grenzbeamten, der ihn gerade eben vor der Kollision mit der Grenzstation bewahrt hatte, freundlich seine Hand entgegen. Dieser sah ihn ein wenig konsterniert an.

»Wir hatten vorher keine Zeit zu grüßen«, meinte der völlig aufgelöst wirkende Steuerberater.

»Guten Abend«, grummelte der Grenzer und schüttelte die schweißnasse Hand.

»Vielen Dank für vorhin. Und bitte nochmals um Entschuldigung!«

»Ist schon gut, ist ja nichts passiert.« Er blätterte im Reisepass.

»Was ist der Zweck Ihrer Ausreise, Herr Magister?«

»Wir nehmen mit unserem schönen Oldtimer am Feuerwehr-Auto-Corso unserer Partner-Feuerwehr von Mosonmagyarovar teil«, sprudelte Peter Gerl den eingelernten Satz hervor.

»Mosonmagyarovar macht einen Feuerwehr-Auto-Corso?«, fragte der Beamte überrascht.

»Und ich habe keine Einladung? Da muss ich ein Wörtchen mit den ungarischen Kollegen reden!«

Der Steuerberater hatte nicht gedacht, dass man noch mehr schwitzen kann, wenn man schon völlig durchnässt ist, aber in diesem Augenblick tat er es.

»Na gut. Das war's. Man sieht sich!«

»Wie, man sieht sich?«

»Na, am Feuerwehr-Auto-Corso! Wann ist der?«

»Ähm, am …« Der Schweiß schoss ihm jetzt regelrecht aus den Achseln. »Nächstes Wochenende!«

»Und da haben Sie es heute so eilig, dass Sie mitten in der Nacht nach Ungarn fahren? Wie auch immer. Gute Fahrt!«

»Danke, vielen Dank«, stammelte Peter Gerl, bestieg das Fahrerhaus und fuhr los.

Die ungarischen Grenzbeamten winkten ihn tatsächlich einfach durch, und er hatte es mehr oder minder problemlos über die erste Grenze geschafft!

DURCH DAS AUSSEERLAND

In den Tälern des Salzkammergutes lag bereits eine schwere Dämmerung, während die Bergkämme noch zart in der Abendsonne leuchteten, und auf den hohen Bergspitzen schimmerte der letzte Schnee.

Auf der Bundesstraße schoss eine dunkle Limousine dahin.

»Zentrale?«

»Hier Zentrale.«

»Wir befinden uns auf der Salzkammergut-Bundesstraße und fahren auf Höhe Wieseleben in Richtung Trautenfels. Gibt es aktuell genauere Koordinaten vom Zielobjekt?«

»Was für ein Zielobjekt?«

»Er meint die *Barbara*«, schaltete sich Walter Dörflinger klärend in die Kommunikation der beiden Kameraden ein.

»Ach so, warum sagst du das nicht gleich, Alfred? Und wo seid ihr?«

»Wir sind gleich da«, gab Alfred Pointinger schon etwas ungehalten zurück. »Aber das ist ja nicht so wichtig. Gibt es nun neue Informationen über den Aufenthaltsort der *Barbara*?«

»Jawohl, das Zielobjekt wurde vor fünf Minuten zwischen Bad Aussee und Altaussee gesichtet.«

»Alles klar. Danke, wir nehmen die Verfolgung auf.«

Alfred Pointinger blickte auf die Karte des Navigationssystems.

»In Ischlberg biegen wir links ab, dann kommen wir direkt auf die Landstraße. Gleich haben wir sie!«

Sie fuhren von der Bundesstraße ab. Die Spannung im Wagen stieg.

»Wir hätten nachfragen sollen, ob sie wissen, in welche Richtung er fährt«, warf Herbert Irdinger ein.

»Dann hätten sie es uns gesagt«, meinte der beifahrende Fleischhauer.

Vor ihnen lag eine Abzweigung: links Altaussee, rechts Bad Aussee.

»Links!«, rief der Kirchenchorleiter aus dem Fond.

»Warum?«, fragte Walter Dörflinger.

Der Wagen bog nach rechts ab und folgte der Landstraße Richtung Bad Aussee.

Herbert Irdinger zuckte mit den Achseln und schwieg kurz.

»Wieso schreibt man Altaussee eigentlich zusammen und Bad Aussee auseinander?«, kam aber bald wieder ein Kommentar von hinten.

Der Feuerwehrhauptmann-Stellvertreter am Steuer wollte dem Fondpassagier eben den Mund verbieten, als sein Beifahrer hysterisch aufschrie: »Da vorne ist sie!«

Tatsächlich zeichneten sich weit vor ihnen die markanten Rücklichter eines Steyr 590 ab.

»Du hast aber wirklich gute Augen, mein Lieber«, sagte Alfred Pointinger anerkennend zu seinem Sozius und klopfte ihm auf die Schulter, soweit ihm dies möglich war, da er gerade mit weit überhöhter Geschwindigkeit auf das Feuerwehrauto vor ihnen zuraste.

»Ja, leider«, antwortete dieser in resignierendem Tonfall.

»Und meine Adleraugen sagen mir, dass das vor uns nicht die *Barbara* ist.«

Kurz darauf sahen sie alle das Kennzeichen, und auch die Aufschrift »Freiwillige Feuerwehr Stribitzhausen«. Enttäuscht ging der Fahrer vom Gas, in langsamem Tempo folgten sie der falschen *Barbara* bis Bad Aussee.

Alfred Pointinger parkte das Auto am Kurhausplatz und wählte die Nummer der Einsatzzentrale.

»Das Zielobjekt war nicht das Fluchtfahrzeug«, gab er hörbar enttäuscht durch. »Wir brechen ab und kehren heim, Kameraden.«

DURCH DIE WILDE PUSZTA

Peter Gerl schwitzte.

Er hatte sich inzwischen schon ein wenig daran gewöhnt, und bis vor Kurzem hatte er gemeint, seine transpiratorischen Attacken wären durch die Kombination aus Aufregung und physischer Anstrengung bedingt gewesen. Mittlerweile hatte sich beides gelegt, und er hatte herausgefunden, dass es wohl hauptsächlich an der defekten Heizungsregelung der alten Dame gelegen war. Jetzt fuhr er also konsequenterweise mit heruntergekurbeltem Seitenfenster durch die pannonische Nacht. Mosonmagyarovar hatte er bereits hinter sich, was ihn ein wenig beruhigte. Man wusste nun einmal nicht, was der nette Grenzbeamte alles mit seinen ungarischen Kollegen geredet haben könnte.

Die Richtung stimmte, und selbst in seinem Schneckentempo würde er in gut zwei Stunden bei Budapest sein. Genaueres wusste er nicht, da er sich nicht traute, sein Mobiltelefon einzuschalten, um zu navigieren. Er befürchtete, man würde versuchen, ihn zu orten. Man wusste eben nicht, was die Leute aus dem Ort alles anstellen würden, um ihn und die *Barbara* zu finden. Und der Herr Baumeister erst. Dem war alles zuzutrauen.

Darüber hinaus hätte er bestimmt unzählige besorgte und vorwurfsvolle Nachrichten von Friederike auf der Sprachbox, auf *WhatsApp* und wo auch immer. Darauf konnte er wirklich verzichten.

Früher hatte er schließlich auch ohne Navigationssystem immer seinen Weg gefunden.

Kurz nach Györ musste er tanken. Diesel, da war er sich sicher. »Dizel« stand auf der Zapfsäule, das konnte nicht falsch sein. Und den Ölstand kontrollieren! Er war ein wenig stolz auf sich. Noch einen Snack und einen Coffee to go, und weiter ging der wilde Ritt durch die nächtliche Puszta!

Auf der Autobahn Richtung Budapest war wenig Verkehr. *Barbara* hatte er mittlerweile recht gut im Griff, abgesehen von der Heizung, die ihn zugegebenermaßen ein wenig müde machte, aber nach Budapest würde er sowieso auf einem Rastplatz schlafen, und bis dahin war es nicht mehr allzu weit. Kilometerfresserin war *Barbara* wahrlich keine. Die beiden im Unendlichen hinter dem Scheinwerferkegel verschwindenden Leitplankengeraden schienen im Dunkel der Ebene stillzustehen, nur am gleichförmig Rhythmus der vom Kühlergrill verschluckten Leitlinienstreifen konnte man eine Fortbewegung festmachen. Hin und wieder blitzten paarweise Scheinwerfer entgegenkommender Fahrzeuge auf, und manchmal näherten sich zwei weiße Lichter von hinten, zogen vorbei und verwandelten sich in ein Paar rote, langsam kleiner werdende Punkte.

Blaulicht! Groß und heller werdend.

Mitten in der endlosen ungarischen Tiefebene. Er wurde langsamer.

Auf der ersten Spur stand ein Polizist und winkte ihn mit seiner beleuchteten Kelle zur Seite.

Das durfte doch nicht wahr sein. Hatten sie ihn doch angezeigt, und lief mittlerweile eine internationale Fahndung nach ihm?

Er brachte *Barbara* knapp hinter dem Polizisten auf dem Pannenstreifen zum Stillstand.

Der Polizist trat neben das geöffnete Seitenfenster und tippte sich an die Mütze.

»Good evening, Sir«, grüßte er in akzentfreiem Englisch.

»Good evening.«

»It's a great luck that you pass by just now.«

Peter Gerl schwitzte stärker als vorhin an der Grenze. Er hatte nicht gedacht, dass das physisch möglich sein könnte.

»Could you please help us to tow away the accident car?« Er deutete nach vorne in die Nacht, wo in etwa 100 Metern Entfernung ein ziemlich ramponierter Pkw auf der zweiten Spur entgegen der Fahrtrichtung stand. Auf derselben Höhe waren am Pannenstreifen ein paar Menschen hinter einem Polizeiauto zu erkennen. Ein zweiter Polizist hatte in der Zwischenzeit den wenigen nachkommenden Verkehr angehalten und die Autobahn gesperrt.

Peter Gerl versuchte, seine Fassung wiederzufinden.

»Well, I don't know, whether I can help you. In fact, I am no fire fighter. I am just delivering this truck to …«, stotterte er. »… to somewhere.«

Der Autobahnpolizist sah ihn etwas enttäuscht an, dann lächelte er. »Would you mind, if I drive your truck? I know how to handle that!«

Ihm blieb nichts anderes übrig, als dem Polizisten das Steuer zu überlassen. Er nahm seinen Kaffeebecher und setzte sich auf die Leitplanken. Gemeinsam mit einer kleinen Gruppe Schaulustiger, die sich aus Fahrern der wartenden Autos gebildet hatte, sah er dem offensichtlich versierten Fahrer dabei zu, wie er das Unfallfahrzeug mit *Barbara* gekonnt auf den Pannenstreifen schleppte. Einige machten Fotos vom österreichischen Oldtimer-Feuerwehrauto, andere filmten die kuriose Szene mit ihren Mobiltelefonen.

Die Polizei gab die Autobahn rasch wieder für den Verkehr frei. Peter Gerl ging zu den beiden Ordnungshütern, um sich zu verabschieden und schnell weiterzufahren. Nach kräftigem Händeschütteln und nochmaligem Dank der freundlichen ungarischen Exekutive konnte er endlich seine Fahrt fortsetzen.

Knapp zwei Stunden später war er kurz nach Budapest auf einen ziemlich verwaisten Rastplatz abgefahren. Fast augenblicklich nach Abstellen des Motors schlief er in der Fahrerkabine ein.

INSTAGRAM

»Er ist mit ihr in Ungarn!«

Manfred Fahringer war in die Wirtsstube gestürzt. In der Hand hielt er sein Mobiltelefon und reckte dieses wie eine Trophäe in die Höhe.

»Wer ist mit wem in Ungarn, und warum ist das jetzt so wichtig?«

Herbert Irdinger stand an der Schank und schilderte der versammelten Stammtischrunde gerade die Irrfahrt der Taskforce durchs Ausseerland, detailgenau und ergänzt um die eine und andere Ausschmückung. Er war von der plötzlichen Unterbrechung seines Abenteuervortrages wahrlich nicht begeistert.

»Der Apotheker und die *Barbara*!«

Jetzt richteten sich alle Blicke auf ihn.

»Hier«, er fächelte wieder mit seinem Handy in der Luft herum. »Auf *Insta.*« Er wischte über den Bildschirm und startete ein Video, auf dem die Abschleppszene von letzter Nacht zu sehen war.

»Wer sitzt da am Steuer von der Barbara? Das ist doch nicht der Magister.«

»Das ist ein ungarischer Polizist!«

»Warum schleppt der mit der *Barbara* ein ungarisches Havarieauto ab?«

»Woher hast du das Video?«

Alle riefen aufgeregt durcheinander.

»Ich habe das Video gerade auf dem *Instagram*-Account von einem ungarischen Kameraden gesehen.«

Der etwas untersetzte Feuerwehrmann war soeben um gefühlte zehn Zentimeter gewachsen.

»Istvan habe ich letzten Sommer in Oberpullendorf bei den österreichischen Feuerwehrmeisterschaften kennengelernt. Seither bin ich sein Follower«, versuchte Manfred Fahringer sich in Social-Media-Nachhilfe, was beim Publikum des *Goldenen Bocks* allerdings ein relativ sinnloses Unterfangen war.

»Egal«, meinte Herbert Irdinger. »Kannst du herausfinden, wo genau das war?« Manfred Fahringer nickte bestätigend und wischte wieder auf seinem Mobiltelefon herum.

Eine halbe Stunde später war der Wirtshaussaal wieder einmal gerammelt voll. Die Nachricht hatte sich wie ein Lauffeuer herumgesprochen.

Manfred Fahringer hatte seinen Laptop geholt und das Video überspielt. So oft bot sich die Gelegenheit für ein paar Minuten Ruhm im Leben schließlich nicht. Er schloss das Beamer-Kabel an, ersuchte jemanden, das Licht abzuschalten, und startete stolz die Vorführung.

Er konnte den Moment, im Mittelpunkt zu stehen, eine Weile auskosten, die Runde verlangte ganze sechs Mal um Wiederholung der Video-Show. Auch hatte er über seinen ungarischen Feuerwehrkameraden Istvan den genauen Aufnahmeort herausgefunden, den er gleich via Google-Maps präsentierte, samt Routenbeschreibung von Gramakirchen dorthin.

Einige Anwesende wollten wieder einmal sofort losfahren, um die Verfolgung unverzüglich aufzunehmen, aber Alfred Pointinger beruhigte die erhitzten Gemüter und ergriff das Wort.

»Zuerst einmal herzlichen Dank unserem Kameraden Fahringer Manfred!« Er hob zum Applaus an, in den alle einstimmten.

»Jetzt kennen wir zumindest einmal die Richtung etwas genauer«, begann er entsprechend selbstironisch.

»Aber der Videomitschnitt des Einsatzes auf der ungarischen Autobahn ist von gestern Nacht. Seither kann sich das Zielobjekt von dort weiß Gott wohin begeben haben!«

Er blickte mit dem der Verantwortung auf seinen Schultern liegenden gebührenden Ernst in die Runde.

»Daher müssen wir zuerst alle Eventualitäten evaluieren, bevor wir wieder überstürzt losrasen. Was kann der Plan des Flüchtigen sein?«

»Ich glaube, ich weiß, wohin er will«, kam es leise aus einer Ecke des Saales.

Der Sprecher stand zögernd auf.

»Guten Abend«, sagte er mit unsicherer Stimme.

»Kurti, Dardan. Ich bin Polier bei *Graminger Bau*. Für die, die mich nicht kennen.«

»Wieso will der wissen, wo der Magister hinwill?«

»Steckt der mit dem Apotheker unter einer Decke?«

Alfred Pointinger rief die Anwesenden zur Ordnung und ersuchte Dardan Kurti fortzufahren.

»Ich habe den Herrn Magister Gerl beim Umbau seiner Kanzlei kennengelernt«, begann er.

Und er berichtete der großen Runde, wovon er mit dem Steuerberater gesprochen hatte. Wie er von seiner Familie am Balkan erzählt hatte, von seinem Engagement für die kosovarischen Waisen im Kinderheim und davon, dass die Feuerwehr seiner Heimatgemeinde selbst über einen Feuerwehr-Oldtimer wie die *Barbara* dankbar wäre.

»Ich habe nicht gedacht, dass Herr Gerl das alles so ernst nehmen würde, was ich ihm erzählt habe. Aber als ich gehört habe, dass er das Geld vom Chef und ihr Feuerwehrauto genommen hat und damit verschwunden ist, hatte ich so eine Ahnung, dass da ein Zusammenhang bestehen könnte. Und jetzt, wo er auf der Autobahn nach Budapest gesehen wurde, bin ich mir sicher, dass er am Weg in den Kosovo ist!«

Die versammelte Menge hatte gespannt den Ausführungen von Dardan Kurti gelauscht.

Die Vermutungen des Poliers erschienen allen plausibel. Es gab dieser rätselhaften Flucht zumindest ein Motiv, auch wenn dieses für die Anwesenden nicht nachvollziehbar war.

»Der Kerl will die *Barbara* den Albanern schenken?«

»Das müssen wir verhindern, der ist ja verrückt!«

»Den passen wir ab!«

»Wie weit ist es dorthin?«

»Die Fahrtzeit beträgt circa 13 Stunden, ohne Grenzkontrollen. Mit einem Pkw. Herr Gerl braucht bestimmt etwas länger«, gab der Kosovare hilfsbereit Auskunft.

»Dann könnte er theoretisch jetzt bereits an seinem Ziel sein, falls Sie mit Ihren Vermutungen richtig liegen«, meinte Alfred Pointinger.

»Wenn er mit dem alten Feuerwehrauto problemlos über die Grenzen gekommen ist«, gab Dardan Kurti zu bedenken.

»Ich weiß gar nicht, wie viele Grenzübergänge noch zwischen Ungarn und dem Kosovo liegen. Können Sie uns vielleicht zeigen, welchen Weg er genommen haben könnte?«

Manfred Fahringer stand mit seinem Laptop natürlich diensteifrig zur Verfügung, und schon erleuchtete der elektronische Kartenausschnitt mit der Route von Budapest nach Lipjan den Wirtshaussaal. Die Versammlung lauschte interessiert den Ausführungen des Balkanexperten. Von Ungarn ging die Strecke nach Serbien und über Nordmazedonien in den Kosovo. Das war neben drei Grenzübertritten außerdem eine lange Fahrt für die 40 Jahre alte Dame.

Wer weiß, ob der Flüchtige daran dachte, regelmäßig Öl nachzufüllen, oder ob er gar noch in Ungarn mit Motorschaden festsaß? Woher sollte ein Steuerberater aus der Stadt eine Ahnung davon haben, wie man mit einem betagten Tanklöscher richtig umging? Und den Grenzbeamten musste dieses Duo doch auch suspekt vorkommen? Es gab einige Gründe, warum er noch unterwegs sein könnte. Aber dass er am Weg in den Kosovo war, davon waren mittlerweile alle überzeugt.

»Vielen Dank für Ihre Ausführungen, Herr Kurti!« Alfred Pointinger stand nach den Schilderungen der Reiseroute auf.

»Dardan«, antwortete der Kosovare.

Der Feuerwehrhauptmannstellvertreter stutzte. »Ach ja. Danke. Alfred.« Er schüttelte dem neben ihm Sitzenden verlegen die Hand.

»Meine Herren, liebe Kameraden«, wandte er sich an die Runde. »Jetzt, wo Herr Kurti, also Dardan, uns die wahrscheinliche Fluchtroute so ausführlich erläutert hat – und ich muss sagen, ich erachte seine Vermutungen für sehr plausibel, beziehungsweise es ist dies auch die einzige Fährte, die wir haben – stellt sich uns die Frage, wie wir mit diesen uns nunmehr vorliegenden Informationen umzugehen gedenken.«

Die Frage führte zu heftigen Diskussionen, es gab unterschiedlichste Lager. Einige wollten am liebsten sofort ins Auto springen und der Route folgen, andere meinten, es wäre jetzt wohl endlich an der Zeit, Interpol einzuschalten, und ein Sparvereinsmitglied wollte gleich den nächsten Flug nach Pristina nehmen um vielleicht noch vor dem Flüchtigen im Kosovo zu sein, wusste dann aber nicht, was er dort eigentlich als Nächstes unternehmen würde.

Wieder einmal war die Autorität des Bürgermeisters gefragt, um mit kühlem Kopf auf die Situation zu reagieren. Er hatte während der hitzigen Wortgefechte im Saal mit Dardan Kurti den Saal verlassen und mit ihm an der Schank die Lage besprochen.

Er schlug mit dem Messer gegen sein Krügerl und verschaffte sich Ruhe.

»Liebe Anwesende, ich habe soeben die weitere Vorgangsweise mit unserem Balkanexperten besprochen, und wir werden folgendermaßen verfahren.« Er nahm einen genüsslichen Schluck Bier und steigerte damit gekonnt die Spannung im Raum. »Dardan hat sich bereit erklärt, uns in dieser heiklen Angelegenheit zu unterstützen. Danke, Dardan! Und somit wird die Taskforce morgen früh gemeinsam mit ihm auf der gezeigten Route in den Kosovo aufbrechen. Wie wir wissen, gibt es hierfür mehrere grundlegende Szenarien. Entweder ist der Flüchtige bereits an seinem Ziel eingelangt. Dann wird es wahrscheinlich ein Leichtes, ihn dort zu stellen. Oder aber, er ist aus technischen oder sonstigen Gründen noch auf der Strecke. Dann ist zu hoffen, dass ihn die Taskforce dennoch findet. Ich hoffe nicht, dass sich die Spur, die wir nunmehr verfolgen, als falsch herausstellen wird, und wünsche hiermit unseren tapferen Männern alles Gute für ihre Mission!«

Auch diese Rede des Gemeindeoberhauptes endete wieder mit tosendem Applaus.

VON BUDAPEST NACH SKOPJE

Wieder einmal schwitzte Peter Gerl.

Diesmal trieben ihm die leckeren Ćevapčići, die Schweißperlen auf die Stirn. In Serbien würzte man erbarmungslos. Und er fand es einfach nur großartig! Er fühlte sich so gut wie schon ewig nicht mehr.

Der Steuerberater saß in einem kleinen Restaurant gleich neben dem Bahnhof. Es war ein herrlicher Sommertag in Mali Pozarevac, einem kleinen serbischen Dorf an der Autobahn südlich von Belgrad, und an der Bahnstrecke. Vor ihm stand die brave *Barbara*, und ihre Chromteile glänzten in der Sonne. Sie war ihm in den letzten beiden Tagen richtig ans Herz gewachsen. Er hatte sich schnell an ihre Marotten gewöhnt, er kümmerte sich gewissenhaft um sie und ihren großen Durst nach Öl, und sie dankte es ihm und spulte verlässlich Kilometer um Kilometer ihrer Balkantour ab. Keine Rede mehr von zickiger alter Tanklöscher. Zwischengas? Er wird wahrscheinlich in den ersten Tagen nach seiner Rückkehr in seinem schicken Coupé ins Leere treten, weil er sich schon so an die Abfolge Einkuppeln – Zwischengas – Auskuppeln – Schalten gewöhnt hatte.

Hier war er vor mehr als 20 Jahren schon einmal gesessen, damals unfreiwillig. Er war mit seinen zwei besten Schulfreunden zur Maturareise mit dem Interrail-Ticket durch Italien und Griechenland getrampt. Venedig – Mailand – Florenz – Rom – Neapel – Brindisi. Von dort mit der Fähre über Korfu nach Patras und weiter mit dem Zug nach Athen – die Akropolis als Höhepunkt einer Reise auf den Spuren ihrer altphilologischen Ausbildung.

Wahrscheinlich hatte ihr alter Griechischprofessor die Werke der großartigen Antike so in den Götterhimmel gehoben, dass der Besuch der heiligen Stätte schlussendlich ein wenig enttäuschend werden musste. Es war nur heiß und staubig gewesen in Athen, und die drei Freunde sehnten sich nach vier Wochen Katzenwäsche auf Bahnhofstoiletten und wenig Schlaf in Nachtzügen nach zu Hause. Noch einmal eine 40-Stunden-Etappe durch Griechenland und Jugoslawien, aber dann warteten ein Vollbad, ein weiches Bett und Mutters Essen.

Sie waren ein großartiges Team gewesen: Roman, Stefan und er. Roman war ein paar Jahre nach der Matura vor einen Zug gesprungen. Im Nachhinein hatten sie in der Clique heftig darüber diskutiert, ob ihr damals lockerer Umgang mit Drogen zumindest teilweise dafür verantwortlich war. Man einigte sich der Einfachheit halber darauf, dass ihm die Drogen geholfen hatten, seine Depressionen länger zu ertragen. Bestimmt hätte er sich ansonsten schon viel früher umgebracht. Damit waren dann alle beruhigt und kifften weiter.

Stefan war Architekt geworden. Das hatte ihn mit der Zeit auch depressiv gemacht. Aber er hatte keinen Kontakt mehr zu ihm gehabt, seit er nach Gramakirchen gezogen war. Stefan hatte ihm prophezeit, dass er das nicht aushalten und seine Ehe mit Fritzi scheitern würde. Daraufhin hatte er ihn nicht mehr angerufen – schade eigentlich, er war ein kluger Gesprächspartner gewesen, auf ihrer Maturareise hatten sie oft stundenlang über Gott und die Welt debattiert.

Auf circa halber Strecke war dann leider vorerst Schluss mit der Heimreise gewesen. Die Lokomotive hatte in Mali Pozarevac ihren Geist aufgegeben, und eine Ersatzzugmaschine musste erst aus Belgrad herangeschafft werden. Viele Mitreisenden hatten in der brütenden Hitze völlig die Nerven verloren.

Der junge Peter Gerl aber hatte sich eigenartigerweise während des achtstündigen Aufenthaltes in das serbische Nest verliebt und den Ort nie vergessen. Trotzdem hätte er im Traum nicht daran gedacht, dass es ihn wieder einmal hierher verschlagen würde.

In Mali Pozarevac war die Zeit stehengeblieben, und er fühlte sich ein wenig wie der Maturant von damals. Kein Wunder, schließlich war seine jetzige Reise ähnlich flott und bequem wie damals.

Seit *Barbaras* Heldentat auf der ungarischen Autobahn und der Nacht auf dem Rastplatz waren sie für ihre Verhältnisse recht reibungslos vorangekommen. An der ungarisch-serbischen Grenze interessierte sich niemand für das ungleiche Gespann, und er konnte nach kurzen Routinekontrollen auf beiden Seiten ungehindert weiterfahren.

In Serbien war der Diesel im Tank schon sehr knapp geworden, und als er endlich eine Tankstelle erreicht und dort den Ölstand kontrolliert hatte, war ihm wieder einmal der Schweiß auf der hohen Stirn gestanden, zu einem möglichen Motorschaden hatte nicht mehr viel gefehlt. Er hatte *Barbara* vor der Zapfsäule hoch und heilig versprochen, sich in Zukunft in kürzeren Intervallen um ihr technisches Wohl zu kümmern.

Heute wollte er noch die Strecke nach Nordmazedonien samt Einreise schaffen, von dort war es dann nur noch eine kurze Fahrt bis zu seinem Ziel, und auch der Grenzübertritt in den Kosovo sollte dann kein Problem mehr darstellen.

Der Gedanke, dass er bereits morgen am Ende seiner Reise angelangt sein würde, kam ihm plötzlich sehr unwirklich vor. Er hatte seine Ankunft und was er am Ziel machen würde zwar schon oft durchgedacht, aber jetzt kamen ihm Zweifel.

Würde die Reaktion der Kosovaren auch seinen Erwartungen entsprechen? Was, wenn er sich nicht verständlich machen könnte? Oder wenn sie sich von seinen großzügigen Spenden beleidigt fühlten? Wie wollte er die Verantwortlichen ausfindig machen? Es war unter der Woche, womöglich waren die zuständigen Personen alle unterwegs. Vielleicht hätte er Herrn Kurti doch in seine Pläne einweihen sollen, dann wären die Leute vorbereitet.

Er sollte sich wohl in Nordmazedonien vor dem Schlafen noch einen Rakija-Schnaps genehmigen, um zur Ruhe zu kommen.

AUF DEN STRASSEN DES BALKANS

Alfred Pointinger schwitzte.

Sie standen im Stau auf der Ostautobahn. Im Outlet-Center Parndorf war Ausverkauf, und sie waren mitten hineingeraten in die Blechlawine der Kaufwütigen. Wie konnte man an einem so wunderschönen Tag nur freiwillig ins Einkaufszentrum fahren? Um sich noch mehr von denselben Sachen zu kaufen, die man sowieso schon im Überfluss im Kleiderschrank hatte. Der Feuerwehrkommandant-Stellvertreter war ein Modemuffel, er konnte diesen Konsumwahn prinzipiell nicht nachvollziehen.

»Wisst ihr, dass wir uns hier in der Nähe der römischen Stadt Carnuntum befinden?«, dozierte Herbert Irdinger vom Rücksitz.

»Da machen sie guten Wein«, gab Walter Dörflinger vom Beifahrersitz zurück. »Vor allem der Rote ist herrlich. Rubin Carnuntum!«

»Sie haben ein sehr schönes Land«, kommentierte Dardan Kurti höflich von hinten.

»Wir verlieren eine halbe Stunde wegen dieser Ausverkaufs-Lemminge«, monierte Alfred Pointinger genervt.

»Das holst du doch in Ungarn locker wieder ein«, spielte Herbert Irdinger schelmisch auf ihre Irrfahrt ins Ausseerland an.

Der Fahrer ignorierte die spitze Bemerkung geflissentlich. »Was für einen Pass hast du eigentlich, Dardan?«, fragte er den kosovarischen Mitfahrer.

»Ich besitze bereits seit fünf Jahren die österreichische Staatsbürgerschaft. Keine Angst. Ich halte die Partie nicht auf.«

Nach der Ausfahrt Parndorf löste sich der Verkehr rasch auf, und so passierten sie die Grenze nach Ungarn ohne weiteren Zeitverlust. Auch auf der ungarischen Autobahn kamen sie gut voran.

»Da steht er!«, rief Walter Dörflinger aufgeregt. »Fahr langsamer, Alfred!« Der Angesprochene reagierte vor Schreck etwas über, was ihm den Ärger des hinter ihm fahrenden rumänischen Sattelschleppers einbrachte, der Mühe hatte, dem abrupt abgebremsten österreichischen Pkw auszuweichen. Aber selbst dessen durch Mark und Bein gehende Lastwagenhupe hörten sie kaum. Ihre Blicke waren alle auf den havarierten ungarischen Kleinwagen am Pannenstreifen gerichtet. Den hatte die *Barbara* vorgestern hierhergeschleppt.

Der aufmerksame Fleischhauer hatte geistesgegenwärtig sein Smartphone bei der Hand und fotografierte das Unfallauto im Vorbeifahren. Gleich wurde das Foto in die Taskforce-WhatsApp-Gruppe gepostet.

»Wir sind ihm auf den Fersen!«, jubelte Herbert Irdinger.

Und er hob seine Hand zum Abklatschen, die letzte Geste, die Dardan Kurti von dem sonst seit der Abfahrt recht still neben ihm sitzenden Pensionisten erwartet hatte. Er schlug ein, Fahrer und Beifahrer taten es ihnen gleich, und der Wagen beschleunigte wieder.

Tatsächlich schien es Alfred Pointingers Ambition zu sein, die am Morgen auf der Ostautobahn verlorene halbe Stunde am Vormittag wieder einzuholen. Sie rasten durch die ungarische Tiefebene, nur rund um Budapest hielt sich der sportliche Fahrer halbwegs an das Tempolimit. Sie entschieden aber trotz der Eile, noch vor der Grenze Halt zu machen, um nicht etwa mit leerem Magen im Stau zu stehen.

»Szeged!« Der Fleischhauer jubelte beim Studium der Straßenkarte. »Da essen wir ein Krautfleisch.«

Herbert Irdinger und Alfred Pointinger strahlten im Duett. Nachdem auch der offensichtlich sehr pragmatisch weltliche Muslim in der Runde nichts dagegen hatte, saßen die vier Mitglieder der mobilen Taskforce bald nach dieser kulinarischen Expertenempfehlung in einer Halászcsárda nahe der Autobahn, und aßen – Fisch.

»Da vorne ist ein schönes Restaurant! Hier kannst du abbiegen, Alfred«, äffte Alfred Pointinger verärgert seinen Beifahrer nach.

»Szegediner Krautfleisch gibt es bestimmt überall, das ist hier wie ein Schnitzel in Wien! Dafür bin ich extra von der Autobahn abgefahren, das Grätenfilet kostet uns locker eine Stunde!«

Walter Dörflinger aß schweigend seinen Fischeintopf und zog sich gerade leidend eine Gräte aus dem Mundwinkel.

»Dann essen wir in Serbien eine Grillplatte«, versuchte Herbert Irdinger, die schlechte Stimmung aufzuheitern.

»Wir bleiben in Serbien nicht auch noch stehen«, gab der Fahrer grummelig zurück.

»Ihr werdet die kosovarische Küche lieben«, versuchte es auch Dardan Kurti. »Es gibt viel Fleisch, und alles ist sehr reichhaltig. Außerdem kann ich euch gute Restaurants empfehlen!«

»Das hilft sicher, wenn sich einer auskennt«, schloss Alfred Pointinger das Thema mit einem Seitenhieb auf seinen Beifahrer ab.

Herbert Irdinger bestand nach dem enttäuschenden Hauptgang auf eine Nachspeise, und nach überraschend großartigen Somlauer Nockerln und gutem Kaffee hatte sich die Stimmung wieder gebessert, die Verfolgung konnte mit frischem Elan wieder aufgenommen werden.

Wie geplant verliefen der Grenzübertritt von Ungarn nach Serbien sowie die Weiterfahrt in Serbien problemlos. Kurz nach Belgrad wurde Herbert Irdinger ein wenig unruhig, das Bier und der Kaffee bei der Mittagspause forderten ihren Tribut.

»*Eko*, das ist eine Tankstelle!«, rief er in leicht gepresstem Ton.

Alfred Pointinger fuhr ab, er musste sowieso tanken. Sie genehmigten sich noch einen schnellen Espresso an der Tankstelle. Das Ambiente des neonhell ausgeleuchteten, am Boden und an den Wänden raumhoch weiß verfliesten Buffets hatte den Charme eines Operationssaales oder mehr eines Schlachthauses, aber der Kaffee war exzellent.

»Wo sind wir gerade?«, wollte Herbert Irdinger wissen.

»Südlich von Belgrad. Mali Pozarevac«, erklärte der stets präzise navigierende Fleischhauer, der sich hier offensichtlich wohlfühlte.

Die Autobahntankstelle lag ein paar 100 Meter vom Bahnhofsrestaurant entfernt, in dem Peter Gerl am Vortag seine Jugenderinnerungen aufgefrischt hatte.

»Noch vier Stunden und 41 Minuten bis Lipjan«, ergänzte der ebenfalls seine Navi-App zurate ziehende Kosovare.

»Das wird spät, bis wir ankommen«, meinte Walter Dörflinger.

»Macht nichts«, gab Dardan Kurti zurück. »Ich habe meiner Familie Bescheid gesagt. Und auch die Restaurants haben bei uns immer lange offen!«

DURCH DAS LAND DER KOSOVAREN

Peter Gerl fühlte sich großartig.

Er hatte in einem kleinen Motel in einem Außenbezirk von Skopje übernachtet. Das herrliche Abendessen, der gute Rakija und ein bequemes Bett hatten ihm einen tiefen Schlaf beschert. Er war voller Energie und Tatendrang in den Tag gestartet und, wie erhofft, an der Grenze ohne Kontrolle durchgewunken worden.

Barbara und er hatten es in den Kosovo geschafft!

Jetzt würde sie den spontanen Abstecher nach Prizren auch noch mitmachen. Der Geschäftsführer des Motels hatte ihm nach dem gestrigen Abendessen von dieser geschichtsträchtigen kosovarischen Stadt vorgeschwärmt. Und ein bisschen war es ihm gelegen gekommen, einen Grund gefunden zu haben, seine abenteuerliche Reise noch um einen halben Tag zu verlängern. Mit dem kleinen Umweg über die zweitgrößte Stadt des Kosovo würde er am Abend in Lipjan, dem Ziel seiner Balkantour, ankommen, könnte sich dort ein Quartier suchen und sich am nächsten Tag in Ruhe um seine offiziellen Angelegenheiten kümmern.

Er kam über die Bergstraße von Osten nach Prizren und tauchte damit geradewegs in das Gewirr der orientalischen Altstadt ein. In den kleinen Gassen war er zum ersten Mal seit Langem, genauer gesagt seit zwei Tagen, mit *Barbara* wieder etwas überfordert. Er musste einen Parkplatz finden. Oder doch weiterfahren? Dass er die liebgewonnene alte Dame so knapp vor dem Ziel in einer fremden Stadt irgendwo parken müsste, um ein wenig herumzuschlendern, hatte er nicht bis zur letzten Konsequenz bedacht, als er sich für den touristischen Ausflug entschieden hatte.

Aber er war doch nicht hunderte Kilometer weit in dieses Land gefahren, um dann die Menschen hier zu verdächtigen, dass sie ihm ein altes Feuerwehrauto stehlen würden, während er dieses kurz abstellte!

Natürlich schauten die Leute neugierig, als er eingeparkt hatte und aus der Fahrerkabine stieg. Als er jedoch viereinhalb Stunden später wieder zurückkam, stand *Barbara* in vollem Glanz da und schien ganz geduldig auf ihn gewartet zu haben.

Der Entschluss zu seinem Abstecher hatte sich wirklich ausgezahlt. Noch nie war er in Europa in einer so authentischen orientalischen Stadt gewesen. Die Sinan-Pascha-Moschee mit dem höchsten Minarett des Balkans, das archäologische Museum, untergebracht in einem ehemaligen Hamam, auf das später skurrilerweise ein Uhrturm gesetzt worden war, die letzte serbisch-orthodoxe Stadtkathedrale, der kleine Fluss mit seinen malerischen Steinbrücken, die engen Gässchen und pittoresken

Plätze der Altstadt und deren lebhaftes Treiben hatten es Peter Gerl angetan. Die kurze Runde durch Prizren hatte ihm jedoch auch hautnah die hier verlaufenden kulturellen und religiösen Trennlinien vor Augen geführt, deren immer noch spürbaren Konsequenzen schließlich Auslöser für seine abenteuerliche Reise waren.

In Gedanken setzte er sich an das Steuer und brach, nachdenklich, aber zufrieden mit sich und der Welt, zur letzten Etappe seiner großen Tour auf.

DAS ZIEL

Eine gute Stunde später bog Peter Gerl von der Landstraße ab, und vor ihm lag der Endpunkt seiner Reise, das Städtchen Lipjan im Herzen des Kosovo.

Der erste Eindruck war noch ein wenig trostloser als befürchtet, aber er war ja nicht zum Sightseeing hierhergekommen. Wobei er sich diesbezüglich daheim sogar ein wenig informiert hatte, und sich bei Gelegenheit gerne die nahen Ausgrabungen der ehemaligen römischen Stadt Ulpian, der die Heimatgemeinde von Dardan Kurti ihren Namen verdankte, ansehen wollte.

Aber zuerst brauchte er eine Unterkunft, am besten samt Stellplatz für *Barbara*. Amüsiert malte er sich seine Suche aus: »Guten Abend, ich hätte gerne ein nettes Einzelzimmer mit Bad für mich und einen ruhigen, wenn möglich schattigen, aber jedenfalls sicheren Stellplatz für meine treue Begleiterin!«

Er fuhr die Hauptstraße rauf und runter, aber irgendeine Art von Beherbergungsbetrieb war nicht zu entdecken. Die Leute begannen schon zu schauen, was dieser eigenartige Oldtimer-Feuerwehr-Corso da sollte. Das war nicht der Einstand, den er sich vorgestellt hatte. Vielleicht hätte er sich besser um eine Hotelbuchung kümmern sollen, anstatt durch die malerische Altstadt von Prizren zu bummeln.

Nach ein paar ergebnislosen Runden landete er wieder auf der Landstraße und entdeckte eine einschlägige Werbetafel: »Venus Hotel, 2 km«.

Nach mehr als der doppelten Strecke auf der Magistrale Lipjan-Pristina bog er links auf einen Parkplatz, der einem mittelgroßen Einkaufszentrum alle Ehre gemacht hätte, in dessen Mitte ein kitschiges Dreisternehotel in neoklassizistischem Balkanstyle protzte. Von schattig konnte auf der restlos versiegelten Fläche zwar keine Rede sein, aber mangels Alternativen parkte er *Barbara* und erkundigte sich nach einem Zimmer. Für das kommende Wochenende war zwar eine sehr große Hochzeitsgesellschaft angesagt, aber ein Einzelzimmer konnte er noch haben. Und auch gerne gleich im Hotelrestaurant zu Abend essen, was er dankend annahm.

Die vom Oberkellner empfohlenen *Kebap Fingers* entpuppten sich als herrliche kosovarische Ćevapčići, und auch das lokale Bier aus Peja war eine Wohltat. Trotzdem war Peter Gerl unzufrieden. Und das lag nicht an der bahnhofshallenartigen Atmosphäre des riesigen Restaurants, das für kosovarische Hochzeitsgesellschaften mit 300 Gästen ausgelegt war. Sondern an den fünf Kilometern, die zwischen ihm und Lipjan lagen. Er war angekommen und doch nicht.

Obwohl es schon spät war, holte er also die Autoschlüssel und sein Geld aus dem Zimmer, setzte sich wieder ans Steuer und fuhr mit *Barbara* zurück nach Lipjan. Irgendein Lokal würde wohl noch offen haben!

RESTAURANT ROMANTIKA

Mitten im Zentrum, gleich neben der örtlichen Raiffeisenbank, standen zwei Restaurants zur Auswahl. Peter Gerl entschied sich schmunzelnd für das *Romantika*.

Das Lokal war gut gefüllt, da kein Tisch frei war, setzte er sich an die Theke. Das Ambiente unterschied sich nur in der Größe von dem des Hotelrestaurants, er trank noch ein großes *Peja*, nun in einer kleineren Bahnhofshalle. Er hatte sich vorgenommen, den Kellner nach dem Bürgermeister, dem Feuerwehrkommandanten und dem Waisenhaus fragen, aber zuerst musste er dringend auf die Toilette.

»Stehen geblieben!«, rief Walter Dörflinger dem am Urinal mit dem Rücken zur Tür stehenden Steuerberater zu, als er gemeinsam mit Alfred Pointinger ins Pissoir gestürmt kam.

Er hatte von Anfang an damit gerechnet, dass er von einem Trupp Verfolgern aus Gramakirchen eingeholt werden würde. Schließlich war er mit *Barbara* recht auffällig unterwegs. Es war klar, dass man versuchen würde, ihn zu finden, und er hielt die Leute auch nicht für zu dumm, um ihm auf die Spur zu kommen. Je länger er unterwegs war, desto weniger hatte er sich jedoch über vermeintliche Verfolger Gedanken gemacht, und seit er am Ziel war, dachte er gar nicht mehr daran.

Ausgerechnet hier von der Taskforce gestellt zu werden, war in den Vorstellungen von Peter Gerl nicht vorgekommen.

Trotzdem war er gefasst, beinahe erleichtert, dass es nunmehr zur unausweichlichen Konfrontation kam, und ein wenig dankbar, dass er es bereits ans Ziel geschafft hatte.

»Herzlich willkommen in Lipjan«, sagte er ruhig, schloss seinen Gürtel, drehte sich den beiden Verfolgern zu und ging zum Handwaschbecken. »Müsst ihr auch oder seid ihr nur wegen mir da?« Er deutete in Richtung der Urinale.

»Seit wann ist der Apotheker witzig?«, murmelte der Fleischhauer dem Feuerwehrhauptmann-Stellvertreter zu.

Peter Gerl trocknete sich die Hände ab und reichte beiden die Hand, die diese etwas entgeistert schüttelten.

»Kommt, gehen wir etwas trinken. Das Bier hier ist wirklich gut.« Er ging an den beiden verdatterten Eindringlingen vorbei, und öffnete die Tür zum Lokal. Davor stand Herbert Irdinger, der ebenfalls überfordert von der Situation wirkte, und die freundliche Begrüßung des Steuerberaters ebenso baff entgegennahm wie seine Kollegen, die gerade aus der Toilette traten.

Peter Gerl ging ohne Zögern an die Theke, wo Dardan Kurti mit dem Kellner plauderte.

»Dardan!«, rief er erfreut und begrüßte ihn herzlich. »Willkommen in Lipjan, kann ich zu dir ja nicht sagen, aber ich freue mich, dich hier zu sehen. Das macht die Dinge sicher leichter.«

Auch der Kosovare reagierte eher verlegen auf die freundliche Begrüßung.

Erst nachdem sie der Flüchtige auch noch an einen mittlerweile frei gewordenen Tisch gebeten und eine Runde Bier für alle bestellt hatte, fanden sie langsam wieder ihre Fassung.

Alfred Pointinger fühlte sich seiner Position verpflichtet, endlich das Wort zu ergreifen.

»Herr Magister …«, begann er zögerlich.

»Wir waren bei Peter, Alfred. Bleiben wir dabei!«

»Also gut. Peter. Wir wurden von der Arbeitsgruppe beauftragt, dich zu verfolgen. Und jetzt, wo wir die *Barbara* vor dem Lokal entdeckt und dich hier erfolgreich gestellt haben, fordere ich namens der Freiwilligen Feuerwehr, dem Sparverein und der Gemeinde Aufklärung über die Geschehnisse!«

Der Kellner brachte die Getränke.

»Zuerst einmal zum Wohl!« Peter Gerl erhob sein Glas.

»Prost.«

»Gëzuar!«

»Haben die Herren noch Hunger?« Er reichte eine der am Tisch liegenden Karten an Herbert Irdinger weiter. »Diese *Kebap Fingers* hier, das sind eigentlich Ćevapčići, dürfen hier aber wahrscheinlich nicht mehr so genannt werden. Zumindest in meinem Hotelrestaurant haben die ganz hervorragend geschmeckt.«

»Peter, ich will jetzt nicht über Ćevapčići, Pljeskavica oder Ražnjići reden, sondern über die widerrechtliche Entwendung eines Feuerwehrfahrzeuges und einer großen Summe aus der Sparvereinskasse«, versuchte Alfred Pointinger, fast schon ein wenig verzweifelt, seine Autorität wiederherzustellen. Das Verhalten des Steuerberaters irritierte ihn offensichtlich.

»Alfred, wir sitzen hier mitten am Balkan. Wir haben alle Zeit der Welt, diese Themen zu besprechen. Aber jetzt bestellt euch einmal etwas zu essen, sonst sperrt noch die Küche zu!«

Sehr zur Freude der anderen Mitglieder der Taskforce nahm Alfred Pointinger den pragmatischen Vorschlag an.

Peter Gerl bestellte noch ein Glas *Peja* und lehnte sich zurück. »Der Umstand, dass ihr mich hier gefunden habt, sagt mir, dass Dardan wohl eins und eins zusammengezählt hat.«

Der Kosovare nickte.

»Damit brauche ich auch nicht mehr bei null zu beginnen. Ich werde morgen die Verantwortlichen hier kontaktieren, um die *Barbara* der Freiwilligen Feuerwehr Lipjan zu überlassen und dem hiesigen Waisenhaus eine namhafte Summe zu spenden.«

»Ja, bist du denn von allen guten Geistern verlassen?« Der Feuerwehrkommandant rang nach Luft und Worten. »Das werden wir zu verhindern wissen! Schließlich haben wir dich noch rechtzeitig aufgegriffen, bevor du noch größere Dummheiten anrichtest!«

»Beruhige dich, Alfred.« Peter Gerl klopfte dem aufgeregten Feuerwehroffizier auf die Schulter. »Das sind alles andere als Dummheiten, und ihr werdet mich auch nicht aufhalten. Von guten Geistern war ich vielleicht früher verlassen, jetzt nicht mehr.«

»Was soll das heißen, wir werden dich nicht aufhalten?«, gab Alfred Pointinger erregt zurück.

»Ich denke, das Timing konnte nicht besser sein. Dass ihr heute – und das noch dazu mit Dardan – gekommen seid, ist ein Wink des Schicksals. Wenn ihr mich morgen begleitet, wirst auch du einsehen, dass es besser ist, die *Barbara* hier sinnvoll einzusetzen, als in Gramakirchen als Schaustück herumstehen zu lassen, damit sie beim nächsten Feuerwehrfest von ein paar Oldtimer-Freunden bewundert werden kann.«

Alfred Pointinger wollte wieder protestieren, aber Peter Gerl war in Fahrt.

»Und wenn das Schwarzgeld aus den korrupten Machenschaften des Herrn Baumeister hier den Waisenkindern hilft, dann ist sogar noch Gutes aus Schlechtem entstanden.«

»Aber das ist Diebstahl«, warf Herbert Irdinger ein.

»Er wird mich deshalb wohl nicht anzeigen«, gab der Steuerberater lächelnd zurück. »Und ihr könnt euch bei mir bedanken, schließlich habe ich als Vereinskassier eure Erwartungen in mich als Saubermann wohl eindeutig übererfüllt. Das wolltet ihr doch mit eurer manipulierten Wahl erreichen, oder?«

»Wie kommst du darauf, dass jemand die Wahl gesteuert hätte?«, polterte Alfred Pointinger entrüstet.

»Ich habe nicht vor, deine großartige Intrige an die große Glocke zu hängen, Alfred.«

Der Kellner brachte das späte Abendessen, und Peter Gerl erhob sich.

»Guten Appetit, meine Herren. Ich wünsche eine geruhsame Nacht und schlage vor, wir treffen uns morgen um 9 Uhr hier zum Frühstück, dann besprechen wir alles Weitere! Hier sind die Schlüssel von der *Barbara*.« Er legte sie dem verdutzten Feuerwehrhauptmann-Stellvertreter neben seinen Teller mit den *Kebap Fingers*. »Ich fahre besser mit dem Taxi ins Hotel. Naten e mire. Gute Nacht!«

VERSÖHNUNG

SONDERSITZUNG

»Somit behandeln wir heute den Misstrauensantrag gegen unseren Vereinskassier, Herrn Magister Peter Gerl.« Obmann Ludwig Piringer räusperte sich. Man konnte ihm ansehen, dass er sich in dieser Situation alles andere als wohl fühlte.

»Bevor wir über den Antrag abstimmen, hat jedes Mitglied die Möglichkeit, eine Stellungnahme abzugeben. Als Letzter der Betroffene selbst. Ich bitte all jene, die dazu etwas sagen möchten, dies durch Handzeichen anzuzeigen!« Er ließ den Blick über die Anwesenden schweifen.

»Fahringer Manfred, Dörflinger Walter, Graminger Josef. Gut, dann bitte ich die Herren in dieser Reihenfolge um ihr Wort!«

Manfred Fahringer stand auf und blickte in die Runde wie jemand, der nicht gerne in eine Runde blickt. Er klammerte sich an einen Spickzettel in seiner Hand, von dem er abzulesen begann: »Verehrte Anwesende, liebe Sparfreunde. Ich weiß, man wird sagen, ich sage das, was sich sage, weil ich die Abstimmung um den Kassier verloren habe. Aber ich sage, dass ich das, was ich sage, deshalb sage, weil gesagt werden muss, dass das nicht in Ordnung ist, dass man sich zum Kassier wählen lässt und dann verschwindet man mit einem Teil von dem Geld. Als Kassier muss man sich um das Geld vom Verein kümmern, als wenn es sein eigenes wäre. Daher spreche ich ihm das Misstrauen aus. Mehr habe ich nicht zu sagen. Danke!«

Die Sparvereinsmitglieder klatschten verhalten, ein paar klopften mit ihren Fingerknöcheln auf den Tisch.

»Danke, Manfred«, sagte der Obmann. »Walter, bitte!«

»Danke, Ludwig.« Fleischhauermeister Walter Dörflinger erhob sich.

»Liebe Freunde, ich hatte die ehrenvolle Aufgabe, als Mitglied der Taskforce an vorderster Front dabei gewesen zu sein. Gemeinsam mit Alfred, Herbert und Dardan habe ich die Verfolgung unseres Kassiers mit großer Entrüstung über das Geschehene aufgenommen. Und es ist uns, wie ihr wisst, glücklicherweise auch gelungen, den Flüchtigen zu stellen. Unsere Mission war es, die unangenehme Angelegenheit im Sinne der Dorfgemeinschaft, der Feuerwehr und des Sparvereines zu regeln. Und dieser Aufgabe sind wir auch verpflichtet. Bis heute.«

»Und warum habt ihr die *Barbara* dann nicht heimgebracht?«, rief ein Sparvereinsmitglied und Feuerwehrkamerad dazwischen.

»Ja, genau!«

»Was ist passiert mit der großen Mission?«

Ein wenig Unruhe kam auf.

»Bitte lasst den Walter doch ausreden«, griff Ludwig Piringer ordnend durch.

»Ich stimme meinem Vorredner Fahringer Manfred zu, dass der Kassier seine Amtspflichten grob verletzt hat, und ich den Misstrauensantrag daher ebenfalls unterstütze.«

Die Zuhörerschaft war offensichtlich überrascht.

»Bravo, Walter!«

»Aber …«, er hielt kurz inne. »Aber, dass die *Barbara* besser bei der Freiwilligen Feuerwehr von Lipjan Dienst tut, als bei uns als Schaustück herumzustehen, und dass die Kinder im kosovarischen Waisenhaus das Geld vom Josef dringender brauchen als wir hier für unseren Sparvereinsausflug, damit hat er völlig recht, der Peter!«

Walter Dörflinger nahm sein Bierglas und prostete in Richtung des Angesprochenen.

»Du bist ein toller Bursche. Prost!«

Dann wandte er sich wieder an die Runde.

»Danke für eure Aufmerksamkeit.«

Die Rede des Fleischhauermeisters hatte ihre Wirkung nicht verfehlt. Es brauchte einige Zeit, bis der Obmann die hitzigen Debatten wieder eingedämmt und die Stimmung soweit beruhigt hatte, dass der dritte Redner beginnen konnte.

Alle waren gespannt, was Baumeister Josef Graminger nun wohl sagen würde.

»Meine Herren«, er nickte der Runde zu. »Jeder hier kennt mich als langjähriges Mitglied unseres ehrenwerten Sparvereins. Und es ist wohl auch allseits bekannt, dass ich immer auf mein heiliges Gerschtl schaue!«

Er erntete die eingeplanten Lacher.

»Es ist für mich auch interessant, welche Meinungen man über die Verwendung meines Geldes so hat.«

Er blickte zuerst Walter Dörflinger und dann Peter Gerl durchdringend an.

»Was hier passiert ist, ist einzigartig in der Geschichte unseres schönen Ortes. Und auch ich schließe mich meinem Vorredner an. Der Missbrauch des Amtes, der hier stattgefunden hat, ist durch nichts zu entschuldigen!«

»Jawohl!«

»Recht so, Josef!«

»Aber. Auch ich habe ein Aber.«

Er blickte ein wenig theatralisch in die Runde und genoss die Spannung.

»Die *Barbara* geht mich zwar nichts an. Ich glaube jedoch auch, dass ein Feuerwehrauto eingesetzt werden soll. Und was mein Geld angeht: Ich mag es zwar nicht, wenn andere sich anmaßen, damit wohltätig um sich zu werfen. Ich habe aber lange mit meinem Polier geredet und finde, dass sein Verein *Kids-Kosova* tolle Arbeit leistet, und daher habe ich mich entschlossen, das Waisenhaus zu unterstützen. Das Geld kann also bleiben, wo es der Herr Magister gelassen hat.«

Peter Gerl stand auf und applaudierte dem Baumeister. Und alle schlossen sich ihm an. Der Redner jedoch winkte gönnerhaft ab und ersuchte nochmals um Ruhe.

»Danke! Vielen Dank. Ich habe noch ein Aber!«

Und wieder genoss er den dramatischen Moment.

»Aber deshalb müssen wir doch nicht auf unseren traditionellen Sparvereinsausflug verzichten, meine Herren!«, rief er.

»Den werde ich mir wohl auch noch leisten können!«

Die Menge jubelte.

»Ein Hoch auf den Herrn Baumeister!«

Alle prosteten ihm zu.
Er erbat sich nochmals das Wort.
»Kein Aber mehr. Ein letzter Satz: Ich bin überzeugt davon, dass die Verfehlung unseres Kassiers eine einmalige Angelegenheit war. Und deshalb spreche ich ihm mein Vertrauen aus!«
Jetzt war die Hölle los. Damit hatte niemand gerechnet. Alle redeten durcheinander. Der Auftritt des Baumeisters war einfach fulminant. Mit kurzen Worten hatte er seine sehr ins Wanken geratene Position wieder mehr als gefestigt.

Es hatte eine Weile gedauert, bis sich der Obmann wieder Gehör verschaffen und mit der Tagesordnung fortfahren konnte. Peter Gerl verzichtete auf seine Wortmeldung, und somit schritt man zur Abstimmung. Im allgemeinen Trubel waren die vorgeschriebenen Formalien nicht realistisch umsetzbar, und so bat Ludwig Piringer die Anwesenden um ihr Handzeichen.
»Wer unterstützt den Misstrauensantrag?«
Die beiden ersten Redner hatten sich deklariert und hoben konsequenterweise ihre Arme. Ihnen schlossen sich vier weitere Mitglieder an.
»Damit ist der Antrag mit großer Mehrheit abgewiesen.«
Ludwig Piringer schüttelte Peter Gerl die Hand.
Das *Heilige Gerschtl* hatte einen neuen alten Kassier.

PARTNERGEMEINDEN

Ernst Holzinger schwitzte.

Die heiße Luft flimmerte. Sein Steireranzug in Kombination mit dem zu engen Hemdkragen und der Trachtenkrawatte waren eine Qual bei diesen Temperaturen. Aber schließlich konnte er diesen *Staatsbesuch* nicht in Hawaiihemd und Shorts wahrnehmen.

Er stand vor der neuen, modernen Ankunftshalle des internationalen Flughafens von Pristina an der Spitze der Gramakirchner Delegation und lauschte huldvoll den Klängen der österreichischen Nationalhymne, die die Musikkapelle Lipjan zu ihrer Begrüßung intonierte.

Alfred Pointinger stellte die beiden Gemeindeoberhäupter einander vor, danach begrüßte er freundschaftlich den Kommandanten der Freiwilligen Feuerwehr Lipjan. Es dauerte noch eine ganze Weile, bis jeder mit jedem bekannt gemacht worden war und alle einander die Hand geschüttelt hatten. Dardan Kurti lief geschäftig herum und kümmerte sich darum, dass endlich alle in den Bus stiegen.

Vom Flughafen war es nur eine knappe halbe Stunde Fahrt nach Lipjan. Peter Gerl kannte die Strecke, er war seit seiner mittlerweile legendären Balkantour schon wieder zwei Mal hierher geflogen.

Nachdem er von der Taskforce gestellt worden war, war alles reibungsloser gelaufen, als er sich in seinen kühnsten Träumen erhofft hatte.

Die Anwesenheit von Dardan Kurti war Gold wert gewesen. Peter Gerl gelang es, ihn dazu zu bringen, rasch die lokalen Kontakte herzustellen. Der Steuerberater wusste, dass er die Mitglieder der Taskforce schnellstmöglich mehr oder minder zu den Treffen mit den hiesigen Kameraden der Feuerwehr, den Vertretern der Gemeinde und des Waisenhauses nötigen musste, um sie durch die Kraft des Faktischen von der Richtigkeit seiner Vision überzeugen zu können. Den von Peter Gerls karitativen Plänen überrumpelten Kosovaren gegenüber war das Auftreten in der Gruppe zudem äußerst nützlich, es verlieh den Treffen einen sehr offiziellen Charakter – auch wenn die unfreiwillig für die gute Sache eingespannten Gramakirchner Verfolger weder wussten, wie ihnen geschah, noch viel von dem, was Peter Gerl Dardan Kurti einflüsterte und dieser übersetzte, verstanden.

Durch die freudige Reaktion der überraschten Einheimischen entwickelte sich rasch eine Stimmung, der sich niemand entziehen konnte. Peter Gerl hatte an den richtigen Fäden gezogen, und alles lief nach seinem Drehbuch.

Alfred Pointinger und Petrit Mahmuti, der Kommandant der Freiwilligen Feuerwehr Lipjan, verstanden sich vom ersten Augenblick an bestens. Nachdem der kosovarische Feuerwehrmann seinem österreichischen Kameraden die Situation vor Ort geschildert und ihm die verfügbare Ausrüstung gezeigt hatte, war schnell klar, dass *Barbara* die Heimreise nach Gramakirchen erspart bleiben würde.

Der Übergabe der für kosovarische Verhältnisse mehr als großzügigen Geldspende an das Waisenheim war auch nichts mehr im Wege gestanden, nachdem sie dieses gemeinsam besucht hatten, die bedürftigen Kinder kennengelernt und von der Leiterin die prekäre finanzielle Lage geschildert bekommen hatten. Im Gegenteil hatten die Mitglieder der Taskforce die Summe nach einer spontanen Kollekte in ihrem Kreis noch aufgerundet und versprochen, auch weiterhin helfen zu wollen. Dardan war selig, und den drei gestandenen Gramakirchnern konnte man richtig ansehen, wie wohl ihnen ihr gutes Karma tat. Peter Gerl hatte ihnen geschickt genug Raum gelassen, ihre karitative Ader ausleben zu können.

Der letzte Abend ihres Kosovo-Abenteuers hatte die Balkan-Runde richtig zusammengeschweißt. Peter Gerl hatte den Respekt aller gewonnen, und untermauert von viel Rakija und umspült von viel Peja Bier wurde ihm vollste Solidarität geschworen und für die Zeit nach ihrer Rückkehr nach Gramakirchen jegliche Unterstützung gelobt.

Die Mitglieder der Taskforce hatten ordentlichen Erklärungsbedarf gegenüber der Einsatzzentrale daheim gehabt. Die Kehrtwendung der Einsatztruppe nach deren Meldung, den Flüchtigen samt intaktem Fluchtfahrzeug erfolgreich gestellt zu haben, hin zur Solidarisierung mit diesem, musste anfangs auf die Daheimgebliebenen wie eine Art Stockholmsyndrom gewirkt haben.

Durch die authentische Euphorie der bekehrten Verfolger war der Funke der Versöhnung jedoch erstaunlich schnell auf Gramakirchen übergesprungen, und bei ihrer Heimkehr waren nur wenige Skeptiker übrig geblieben. Die veränderungsresistenten Konservativen gab es sowieso in jeder Dorfgemeinschaft, aber spätestens nach dem Besuch der Gemeindegranden in Lipjan zur Besiegelung der von den Kosovaren spontan angetragenen Gemeindepartnerschaft würden nunmehr wohl auch diese letzten Zweifler verstummen.

Der Bus bog auf den großen Parkplatz des *Venus Hotels*, das mehr als genug Platz für die gesamte Reisegruppe bot. Vor dem offiziellen Programm mussten sich die Gäste erst einmal frisch machen, aber nach einer Dreiviertelstunde waren wieder alle zurück im Bus, und weiter ging es nach Lipjan. Das Programm war straff durchorganisiert.

Die mitgereisten Feuerwehrkameraden waren richtig gerührt, als sie *Barbara* wiedersahen. Ihre Chromteile glänzten im gleißenden Sonnenlicht des strahlenden Festtages. Die örtliche Feuerwehr hatte keinen ausreichend großen Stellplatz für das stattliche Tanklöschfahrzeug besessen, und so hatte die kosovarische Dorfgemeinschaft für den neuen Stolz der Kommune eine Garage errichtet, deren festliche Einweihung nun die Honoratioren aus Österreich vornehmen durften.

Alfred Pointinger platzte fast vor Stolz, als er die Sektflasche gegen das Garagentor schleuderte und den kleinen Neubau feierlich auf *Floriani-Garage* taufte. Anschließend überreichte er dem lokalen Kommandanten eine Messingtafel zur Anbringung an der Fassade. Der Heilige Florian in klassischer Pose das Feuer mit einem Krug löschend, eine würdige Erinnerung an diesen bedeutenden Tag.

Herbert Irdinger hatte inzwischen mit einer kleinen mitgereisten Chorgruppe neben *Barbara* Aufstellung genommen und vervollkommnete den Festakt mit der Darbietung zweier klassischer österreichischer Weisen und eines als Überraschung für die Gastgeber eigens mit Hilfe von Dardan eingeübten albanischen Volksliedes.

Auch das dritte Mitglied aus dem legendären Verfolgerteam, Fleischhauermeister Walter Dörflinger, hatte seinen ehrenvollen Auftritt. Er übergab als Gastgeschenk einen großen hausgemachten, selbstverständlich schweinefleischfreien Wurstkorb.

Vom Vorplatz der Feuerwehr zog die gesamte Festgemeinde weiter zum nahegelegenen Gemeindeamt, wo der eigentliche Höhepunkt des Besuches stattfinden sollte: die feierliche Besiegelung der Gemeindepartnerschaft.

Jetzt stand Ernst Holzinger im Rampenlicht, und voller Stolz tauschte er mit seinem kosovarischen Amtskollegen die Wimpel mit den Gemeindewappen, bevor sie zur Unterzeichnung der Urkunden schritten.

Diese Zeremonie wurde musikalisch vom Chor des Waisenhauses untermalt. Die Kinder boten neben einigen albanischen Heimatliedern *I am from Austria* dar, und kein Auge der Gäste blieb bei dieser rührenden Aufführung trocken.

Peter Gerl bedankte sich bei den Waisen und übergab gemeinsam mit Dardan Kurti mitgebrachte Sachspenden an die Heimleiterin.

Auf dem Parkplatz neben dem Gemeindeamt war eine rekordverdächtig lange Tafel aufgebaut. Der Lipjaner Bürgermeister hakte sich bei Ernst Holzinger unter und führte ihn, gefolgt von einer großen Menschenmenge, zum Festbankett.

Peter Gerl hatte man den Ehrenplatz in der Mitte der Tafel zugewiesen, zwischen den beiden Gemeindeoberhäuptern. Er wäre am liebsten gleich an die Theke des Restaurants *Romantika* geflohen. Stattdessen nahm er dankend den angebotenen Rakija entgegen und fügte sich in sein Schicksal als neuer Held der internationalen Gemeindefreundschaft.

Die Buffettische bogen sich unter den Delikatessen der kosovarischen Küche.

Dardan Kurti erklärte seinen österreichischen Freunden die dargebotenen Köstlichkeiten: Neben Bergen von Fladenbrot gab es Tarator, eine kalte Joghurt-Gurkensuppe, Turshia, zuerst gebratenes und dann eingelegtes Gemüse, und Dolma, gefüllte Weinblätter als Vorspeisen. Der zweite Gang bestand aus verschiedensten Eintöpfen, Aufläufen, Pasteten, pikanten Strudeln und orientalischen Pizzen. Nach diesen an sich schon sättigenden Gerichten kamen die eigentlichen Hauptspeisen: Lammspieße, Biftek und Köfte, flache große und runde kleine Fleischlaberl, die schon liebgewonnenen *Kebap Fingers* und verschiedenste Variationen Hühner- und Putenfleisch. Für das Nachspeisenbuffet zeichneten die österreichischen Gäste verantwortlich. Vor allem Renate Scheuringer, die im *Goldenen Bock* aufgrund zwei an diesem Wochenende stattfindenden Hochzeiten leider unabkömmlich war, hatte auf diesen Kulturexport bestanden. Und so mussten vor allem die Gastgeber sich nach der Fülle an regionalen Gerichten zum Abschluss auch noch durch die Berge der mitgebrachten Apfel- und Topfenstrudel sowie Marillen-, Zwetschken- und Apfelkuchen kosten. Last but not least gab es vier große Malakofftorten aus insgesamt fünf Packungen *Manner*-Biskotten, jeweils einem Kilo Butter und Staubzucker, 20 Eiern, einem Dreiviertelliter Schlagobers und reichlich *Stroh*-Rum.

Die Kosovaren berichteten am nächsten Morgen, dass noch bei keinem Dorffest so viel Rakija getrunken worden war wie mit den neuen österreichischen Freunden an diesem denkwürdigen Abend.

Das merkte man Gastgebern und Gästen beim Kulturprogramm am folgenden Vormittag auch an. Die südosteuropäische Sonne strahlte erbarmungslos auf die römischen Ausgrabungen von Ulpiana, weitläufige antike Ruinen, und weit und breit kein Schatten. Der Lipjaner Bürgermeister hatte die Situation zum Glück schnell richtig eingeschätzt und die Führung auf ein Drittel der geplanten Dauer reduziert, wofür ihm alle derangierten Gäste zutiefst dankbar waren.

Somit hatte sich der Zustand der österreichischen Delegation bis zum abendlichen Heimflug bereits wieder halbwegs stabilisiert. Trotzdem lehnte ein Großteil der Gäste den zum Abschied angebotenen kosovarischen Schnaps dankend ab, man hatte schließlich noch die halbstündige Fahrt zum Flughafen vor sich.

Bürgermeister Ernst Holzinger nahm seinem Amtskollegen das Versprechen ab, der Gegeneinladung nach Gramakirchen sobald als möglich Folge zu leisten. Und damit endete ein gleichsam historischer Kulturaustausch.

REFLEXIONEN

»Friederike, willst du meine Frau werden?«

Ernst Holzinger kniete vor seiner Friederike Gollinger-Gerl und hielt eine kleine türkisfarbene Schatulle, geöffnet, einen Solitär-Ring mit einem großen glitzernden Brillanten darin offenbarend, in seinen Händen.

Die Angebetete spannte ihn nicht lange auf die Folter, beugte sich zu ihm hinunter, küsste ihn und hauchte ihm zärtlich ins Ohr: »Aber natürlich, Mausi.«

Dass er mit seiner Fritzi endlich reinen Tisch machen musste, war Peter Gerl schon bei der Beerdigung seines Schwiegervaters klar geworden.

Dass er nach ihrer Hochzeit damals mit ihr aufs Land gezogen und in die Kanzlei ihres Vaters eingetreten ist, hatte er nur sehr widerstrebend und angesichts der jungen Liebe getan.

Dass er nach der Trennung von seiner Frau in Gramakirchen bleiben würde, dagegen hätte er wohl noch zu Fronleichnam alles verwettet.

Josef Graminger stand von seinem Liegestuhl auf und drehte sich um.

»Soll ich dir etwas aus der Küche mitnehmen, Mitzi?«

Maria Steininger lächelte.

»Einen Prosecco, bitte.«

Er kam zurück auf die Terrasse, reichte ihr das Glas Prosecco und prostete ihr mit seinem Bier zu.

»Ich weiß nicht, ob ich ihn mag, den Apotheker. Er ist jetzt so etwas wie der neue Star im Ort.«

»Stört dich das? Bist du nicht mehr im Rampenlicht?«

Er wollte etwas entgegnen, beließ es aber bei einem kurzen Grunzen. Sie saßen eine Weile schweigend nebeneinander und genossen die Herbstsonne.

»Dann sollen sie ihn eben mögen. Aber glaubst du, sie können mich auch noch leiden?«

»Ob sie dich noch leiden können?« Sie setzte sich auf. »Josef, die Leute haben dich nie geliebt, aber immer respektiert. Und mit deiner großartigen Rede bei eurer Sondersitzung ist der Respekt noch gewachsen. Man kann den Peter Gerl und dich nicht vergleichen, und das tun die Leute auch nicht.«

Josef Graminger lehnte sich wieder zurück, nahm einen Schluck von seinem Bier und lächelte.

»Renate, ich habe mich verliebt.«

Ludwig Piringer sah der feschen Wirtin tief in die Augen und seufzte.

»Albulena heißt sie. Sie ist Rezeptionistin im *Venus Hotel* bei Lipjan. Eine tolle Frau und nicht verheiratet.« Er kramte in seiner Brieftasche. »Es war Liebe auf den ersten Blick. Willst du ein Foto von ihr sehen?«

Renate Scheuringer lächelte.

»Nein, Luigi«, so nannte sie ihn nur in besonderen Momenten. »Aber ich freue mich für dich. Dass unsere Beziehung irgendwann ein Ablaufdatum hat, war uns beiden doch immer klar. Ich bin mit dem *Goldenen Bock* verheiratet, und ich habe dir schon oft gesagt, dass du dir nicht erwarten kannst, dass ich den Johnny und das Wirtshaus aufgebe. Schön, dass du jemanden gefunden hast, mit dem du eine Zukunft haben kannst.«

Sie konnte die Tränen, die ihr über die Wange liefen, nicht verbergen, strich ihm zärtlich über die Wange, nahm ihre Handtasche und verließ den Raum.

TURNIER DES 1. SC GRAMAKIRCHEN

»… mit der Nummer 5: Andreas!«

»Gillinger!«

»… mit der Nummer 8: Christoph!«

»Edinger!«

»… mit der Nummer 12: Simon!«

»Pointinger!«

»… und wir begrüßen unseren Neuzugang mit der Nummer 17: Skender Harami!!!«

Die Zuschauer auf der bis auf den letzten Platz gefüllten Tribüne jubelten und schwenkten ihre Fahnen im Gramakirchner Blau-Weiß.

Der Platzsprecher wandte sich an den neben ihm auf der Mittelauflage stehenden Josef Graminger.

»Herr Baumeister, ein herzliches Dankeschön für das großzügige Sponsoring, das den Transfer von Skender Harami vom *KF Liria Prizren* zu unserem *1. SC Gramakirchen* ermöglicht hat.«

Er schüttelte dem Sponsor die Hand, überreichte ihm einen Vereinswimpel und schrie, an die Zuschauer gewandt, ins Mikrofon: »Hipp, hipp!«

»Hurra!«, kam es drei Mal hintereinander enthusiastisch zurück.

»Danke!«
»Bitte!«

Mit Skender Harami als neuem Goalgetter war der Aufstieg in die Landesliga in greifbare Nähe gerückt. Beim heutigen Allerheiligenturnier konnten die Gramakirchner Fußballfans den Neuzugang erstmals in Aktion sehen.

Baumeister Josef Graminger hatte mit dem sensationellen Transfer des Legionärs aus der kosovarischen Superliga alle überrascht. Die bürokratischen Formalitäten und die Übersiedelung waren nicht unkompliziert gewesen, obwohl der großzügige Sponsor es sich nicht hatte nehmen lassen, dem neuen Spieler auch gleich eine Wohnung zur Verfügung zu stellen.

Der *1. SC Gramakirchen* war in den letzten fünf Jahren drei Mal Zweiter in der Meisterschaft gewesen, mit einem torgefährlichen Stürmer wie dem jungen Kosovaren musste es in dieser Saison einfach klappen.

Josef Graminger stand strahlend in der VIP-Lounge und verfolgte das Spiel gegen ihren Erzrivalen Groß-Öding.

»Tooooor!«, brüllte ihm Ernst Holzinger ins Ohr. »Drei zu null. Hattrick. Der Skender ist ein Wahnsinn, Josef!«

»Tor für Gramakirchen. Torschütze Skender Harami!«, brüllte auch der Platzsprecher.

»Gramakirchen drei! Groß Öding!«

»Null!«, brüllte der Großteil der Tribüne, nur im Sektor der Groß-Ödinger blieb es still.

Walter Dörflinger kam mit zwei großen Bechern Bier in der Hand und reichte Josef Graminger einen davon.

»Danke, Walter.«

»Danke dir, Josef! Jetzt macht es wieder Spaß, unseren Burschen zuzusehen. Die Groß-Ödinger haben wir zuletzt vor 20 Jahren so zerlegt!«

»Tooooor für Gramakirchen! Vier zu null!«, brüllte der Platzsprecher neuerlich.

CHARITY-PUNSCH

»Zwei *Turbo-Beeren*«, sagte Josef Graminger zu Peter Gerl.

»Zwei *Turbo-Beeren*. Kommt sofort«, gab dieser diensteifrig zurück, füllte zwei Häferln mit heißem Punsch und reichte sie dem Baumeister.

»Zwölf Euro, Hochwürden«, sagte dieser zu Pfarrer Piotr Santak, und nachdem dieser fragend die Augenbraue hochzog: »Da sind vier Euro Häferl-Pfand dabei. Und es ist ja für einen guten Zweck, Herr Pfarrer!«

Der Priester gab ihm 15 Euro.

»Stimmt schon, Josef. Ich finde es großartig, dass ihr euch für unsere Brüder einsetzt. Und dass ihr alle gemeinsam an einem Strang zieht, erfüllt mein christliches Herz mit großer Freude!«

»Und jetzt können Sie auch Ihren Magen wärmen mit unserem herrlichen Beeren-Punsch«, gab der Baumeister zurück.

Der Ortspfarrer reichte Herbert Irdinger einen Punsch weiter, und sie prosteten einander zu.

»Wie viel habt ihr denn schon beisammen für die heurige Weihnachtsaktion?«, fragte er, an Peter Gerl gewandt, der mit dem Rücken zu ihnen mit einem Punschkanister hantierte.

»Wir haben schon ungefähr die Hälfte. Damit sind wir

für den dritten Adventsonntag voll im Plan. Und außerdem hat der Josef uns versprochen, dass er aufrundet, wenn es sich mit den Einnahmen unseres Punschstandes nicht ganz ausgehen sollte!« Er klopfte dem Baumeister auf die Schulter.

»Ich glaube gar nicht, dass das notwendig sein wird«, meinte dieser. »Den herrlichen Punsch vom Peter reißen uns die Leute ja aus den Händen.«

»Auch wenn er mehr kostet als ein gutes Bier im *Goldenen Bock*«, rief der eben dazu gestoßene Wirt dazwischen. »Gib mir auch einen, Josef. Einen *Waldbeer-Zauber*, bitte!«

»Noch zwei *Waldbeer-Zauber*«, kam es von weiter hinten. Maria Steininger und Friederike Gollinger-Holzinger kamen um die Ecke.

»Wo hast du die Renate gelassen?«, fragten die beiden Freundinnen Johnny Scheuringer. »Die hat noch eine Malakofftorte im Rohr«, scherzte dieser. »Nein, im Ernst, sie kommt gleich nach. Sie hat mit dem Dardan noch die Tafel für seine Hochzeit vorbesprochen.«

»Gibt es für uns auch noch etwas?« Alfred Pointinger trat zu ihnen und bestellte drei Mal *Wintermärchentraum* für Walter Dörflinger, Manfred Fahringer und sich.

»Wann wollt ihr denn unseren kosovarischen Freunden die Überraschung, dass sie heuer die Einnahmen der Weihnachtsaktion bekommen, verraten?«, fragte der Wirt.

»Die Delegation kommt zu Silvester. Und es ist geplant, dass der Josef und der Peter als Vertreter unseres örtlichen Rotarier-Klubs ihnen nach meiner Neujahrsansprache einen Gutschein für die Minarettbeleuchtung übergeben«, antwortete der Bürgermeister stolz.

»Werden Sie dann mit nach Lipjan kommen, um die Beleuchtung einzuweihen, Hochwürden?« Alfred Pointinger klopfte dem Pfarrer auf die Schulter.

»Da muss ich erst mit dem dortigen Imam reden, ob ihm das recht wäre«, gab dieser schmunzelnd zurück.

»Die nächste Runde geht auf mich, meine Lieben!«, rief Bürgermeister Holzinger und legte glücklich den Arm um die Taille seiner Fritzi.

EPILOG

Ein Sparvereinskasten gehört zu einem österreichischen Dorfwirtshaus wie ein Zwetschgenkompott zum Kaiserschmarren. Oder ausgedeutscht formuliert: Ein Sparvereinsschrank ist fester Bestandteil der Landgasthauskultur.

Die in unzähligen österreichischen und deutschen Gasthäusern hängenden Sparvereinskästen strahlen das Faszinosum einer anderen Zeit und einer eigenen Welt aus. Die meist mit der Patina langjähriger, intensiver Benutzung und der Ästhetik vergangener Jahrzehnte behafteten Blechkästen, an den Gangwänden oder in einer Ecke der Wirtsstube mehr oder weniger prominent aufgehängt, mit den unzähligen, in Reih und Glied wohlgeordneten Schlitzen samt zugehörigen Nummern bergen etwas Geheimnisvolles. Sie stehen für eines der Paralleluniversen, die greifbar nahe – in dem Gasthaus, in das man mit Familie oder Freunden essen geht – existieren, aber zu denen einem dennoch der Zutritt immer verwehrt bleiben wird, falls man nicht stolzes Mitglied eines der nach wie vor unzähligen Sparvereine ist.

Ein Wirtshaus betretend an einem Sparvereinskasten vorbeizugehen, erweckt Neugierde auf die dahinterstehenden Menschen und Charaktere, die den Statuten entsprechend regelmäßig ihren Obolus in den ihnen zugeordneten Schlitz stecken. Die Motive der zugehörigen Protagonisten sind wohl so vielfältig wie deren Persönlichkeiten und Geschichten.

Da gibt es jedenfalls diejenigen, die regelmäßig genau den vorgeschriebenen Betrag einwerfen, als hätten sie einen Abbuchungsauftrag eingerichtet. Die aber gleich wieder ohne Konsumation und am allerliebsten, ohne gesehen zu werden, das Gasthaus verlassen.

Genauso wie die notorischen Vergissmeinnichte oder vorsätzlichen Ignoranten, die das allgemeine Sparvereinskonto in verlässlicher Manier mit Strafgeldzahlungen versorgen, was meist nicht daran liegt, dass sie nicht oft genug im Wirtshaus einkehren würden.

Die Angeber, die wohl sehr gelitten haben, als vor ein paar Jahren eine gesetzliche Obergrenze der Einlagen zur Unterbindung der Geldwäsche eingeführt worden ist.

Die Mitläufer, die nur dabei sind, weil sie als Stammgäste nicht auskommen, und eigentlich das Geld lieber nur im Gasthaus ausgeben würden, als es in ihr Fach im Sparvereinskasten zu stecken.

Diese Gruppe deckt sich wohl größtenteils mit der, die nur wegen des alljährlichen Zusammenkommens nach der Auszahlung dabei sind, um trotz minimaler Einzahlungen genauso ein Schnitzel und ein Bier zu bekommen wie alle anderen.

Die Traditionalisten, deren Eltern und Großeltern schon beim jeweiligen Sparverein waren und die alle anderen verlässlich mit ihren alten Geschichten langweilen.

Die Gutmenschen, die nach mehr oder weniger langer mit mehr oder weniger tugendhafter Nötigung erreicht haben, dass der Sparverein zumindest die Strafgelder für wohltätige Zwecke spendet.

Die wahrscheinlich kleinste Gruppe der ausschließlich an der ursächlichen Intention Interessierten, die weder gesellschaftliche noch karitative Motive haben, sondern einfach nur etwas Geld ansparen wollen.

Die zahllosen Karteileichen, die eigentlich längst hinausgeschmissen werden müssten, weil sie nie etwas einzahlen und auch zu keinen Strafgeldzahlungen bereit wären, die aber sehr beleidigt wären, wenn man tatsächlich Ernst machen würde.

Die neu Zugezogenen, die gerne mit dabei sein würden und die man seit Langem damit vertröstet, dass es momentan leider keinen freien Schlitz gibt. Jedenfalls ein guter Grund, um die Karteileichen nie hinauszuschmeißen.

Und schließlich die Seelen aller Vereine, die Funktionäre, unterteilt in jene, die sich aufopfernd für das Vereinswohl engagieren, und diejenigen, die einfach für ihr Leben gern Präsident, Kassier, Schriftführer oder zumindest einer deren Stellvertreter sein möchten.

Für alle Typen von Mitgliedern bringt die Idee des gemeinsamen Sparens jedenfalls die entsprechende Motivation für die Regelmäßigkeit der Einzahlungen und einen guten Grund, dazu zwangsläufig ins Gasthaus gehen zu müssen.

Die Funktionäre oder meist der Wirt kontrollieren diese Einzahlungen der Mitglieder und entleeren dazu regelmäßig den Sparvereinskasten, um die angesparten Beträge auf die Bank zu bringen.

Je nach Vereinsstatut sind üblicherweise mindestens wöchentlich oder vierzehntägig fünf oder zehn Euro einzuzahlen, mit einem Strafgeld von ein bis zwei Euro, die vom Konto des säumigen Zahlers in die Gemeinschaftskasse kommen. Auch von den gesamten anfallenden Zinsen profitiert die Gemeinschaft, die das daraus resultierende Guthaben am Ende des Sparjahres entweder zusätzlich zu den angesparten Beträgen auf die Mitglieder aufteilt, ganz oder teilweise für die Jahresabschlussfeier beziehungsweise einen gemeinsamen Ausflug ausgibt oder dieses an eine karitative Organisation spendet.

Die jährliche Feier wird oft auch vom jeweiligen Gasthaus, das von der Bindung der Stammgäste das ganze Jahr über entsprechend profitiert, kulinarisch gesponsert.

Im Zuge einer solchen Jahresversammlung wird auch der Vereinsvorstand für das folgende Jahr neu gewählt.

Diese Gasthaussparvereine bilden allerdings circa nur rund ein Viertel aller österreichischen Sparvereine, der Großteil der Vereine zum Zweck des gemeinsamen Sparens sind Betriebssparvereine.

Die ersten Sparvereine wurden in Deutschland und Österreich Mitte des 19. Jahrhunderts gegründet. Am Anfang standen das Ansparen für Weihnachten sowie eine gegenseitige Unterstützung für Notfälle im Mittelpunkt. In der Frühphase traten Sparvereine teilweise auch als Einkaufsgenossenschaften in Erscheinung.

Zeitgleich mit dem Aufkommen der Sparvereine entwickelten sich auch viele landwirtschaftliche Einkaufsgenossenschaften, um einerseits günstigere Einkaufskonditionen zu generieren und anderseits in Not geratene Mitglieder zu unterstützen sowie Geräte günstig auszuleihen.

Daraus entstanden im größeren Maßstab die Spar- und Raiffeisenkassen auf genossenschaftlicher Grundlage. Manche, Ende des 19. Jahrhunderts gegründeten, Bankinstitute und Genossenschaften gingen sogar auf frühere Betriebssparvereine zurück, was zum Teil noch im Namen der Institute ablesbar ist.

Die Höhepunkte des Sparvereinswesens lagen in der Zwischenkriegszeit und der Zeit nach dem zweiten Weltkrieg. In diesen Blütezeiten waren die Banken und Sparkassen sehr interessiert, Sparvereine und darüber hinaus ihre Mitglieder als Kunden zu gewinnen. Die Förderung des Spargedankens beim Einzelkunden war den Geldinstituten ein zentrales Anliegen.

Dazu wurden vor allem in der Wiederaufbauzeit, in der der Aufbau von Kapital volkswirtschaftlich im Mittelpunkt stand, den Vereinen gratis deren Sparvereinskästen zur Verfügung gestellt, diverse Vereinsveranstaltungen wie Tombolas mit kleinen Geschenken wie beim Weltspartag unterstützt und den Vereinskassieren durch maßgeschneiderte Angebote in der Buchhaltung geholfen.

In Hamburg sollen um 1965 zirka 2.800 Vereine mit 185.000 Mitgliedern existiert haben.*

Die Angaben über die Gesamtzahl der in den besten Zeiten in Österreich und Deutschland existierenden Sparvereine scheinen nicht mehr genau nachvollziehbar zu sein.

Im vereinsaffinen Österreich ist der mit Abstand größte Verein der *ÖAMTC*, der *Österreichische Automobil-, Motorrad- und Touring Club*, mit zirka 2,3 Millionen Mitgliedern – immerhin mehr als 25 Prozent der Gesamtbevölkerung! An abgeschlagener zweiter Stelle liegt das *Rote Kreuz*, gefolgt vom Alpenverein und zahllosen Musik-, Sport- und sonstigen Vereinen. Nach wie vor steigt die Gesamtzahl der Vereine in Österreich.

---

* Wikipedia »Sparverein« 18.04.2021

Der Trend bei den Sparvereinen ist leider gegenläufig, da die Unterstützungen der Sparvereine seitens der Banken in den letzten Jahrzehnten völlig eingestellt wurden. Das Geschäft mit Kleinsparern ist für die Geldinstitute grundsätzlich nicht mehr rentabel. Manche Banken haben aufgrund des hohen Verwaltungsaufwandes sogar rigoros alle Konten der bei ihnen veranlagten Sparvereine gekündigt.

Auch der einstmals größte deutsche Hersteller von Sparvereinskästen in Deutschland, die *Nordia Feinblechbearbeitung*, der zwischen 1922 und 2009 über 800.000 Kästen produzierte, von denen noch über 250.000 im Einsatz sein sollen, hat 2016 die Produktion dieser eingestellt.*

Die einerseits zunehmend strengeren rechtlichen und aufwendigeren bürokratischen Auflagen und die andererseits konstant niedrigen Zinsen haben die Sparvereine in den letzten Jahren zumindest hinsichtlich des Sparertrages in Deutschland und Österreich sehr unattraktiv werden lassen.

Während die Zahl der Sparvereine hier daher zurückgeht, erleben diese aktuell eine Renaissance in Teilen Afrikas und Südostasiens im Zusammenhang mit in Entwicklungs- und Schwellenländern immer stärker aufkommenden zeitgemäßen Mikrofinanzierungskonzepten.

* Wikipedia »Sparschrank« 25.04.2021

Die verbleibenden österreichischen und deutschen Sparvereine in Gasthäusern sind unabhängig von ihrem ureigenen Sinn des Ansparens wirtschaftlich für die jeweiligen Lokale und gesellschaftlich für ihre Mitglieder relevant.

Die Sparvereine und ihre Gasthäuser bilden nach wie vor eine Zweckgemeinschaft wie symbiotische Organismen mit ihren Wirten. Wie in der Natur profitieren auch die gastronomischen Wirte von der Treue, ja oft fast Abhängigkeit der eingeschworenen Gemeinschaft, der sie ihren Lebensraum zur Verfügung stellen.

So lange ausreichend viele Symbionten vulgo Stammgäste regelmäßig die gesellige Symbiose mit ihrem Gastgeber pflegen, so lange funktioniert dieses ökonomische und soziale System. Auch in dem hier betrachteten Fall profitieren von einem perfekt ausbalancierten Gleichgewicht immer beide Seiten.

Die treuen Gäste und Sparvereinsmitglieder bilden mit ihrer Verbundenheit eine wichtige Grundlage des wirtschaftlichen Erfolges eines sie beheimatenden Gasthauses, und dieses wiederum ist das zweite Zuhause seiner Stammgäste, das Wohnzimmer mancher introvertierten Seelen, die Plattform und Bühne für extrovertierte Charaktere und jedenfalls ein Konzentrat des jeweiligen Dorf- oder Grätzellebens.

Der angestammte gemeinschaftliche Vereinsgedanke existiert unabhängig der zu erwartenden Zinserträge weiter, und nach wie vor bilden viele Gasthaussparvereine einen äußerst interessanten Mikrokosmos mit spannendem repräsentativem Querschnitt der Bevölkerung, wie sich an den Verhältnissen im Gramakirchner *Goldenen Bock* zeigt. *Kalamitäten im Sparverein* ist eine Hommage an diese Welt.

KULINARIA & CO. – GLOSSAR

Österreich

Totensemmel – auch *Konduktsemmel* genannt, eine vor allem in Oberösterreich bei der Zehrung oder Leichenschmaus (Mahlzeit nach dem Begräbnis, dem Kondukt) traditionelle Mahlzeit; eine übergroße, mit Anis bestreute Kaisersemmel (rundes, sternförmig eingeschnittenes Weißbrötchen)

Malakofftorte – nicht gebackene Torte aus in einem Milch-Rum-Gemisch getränkten (*Manner-*) Biskotten (Löffelbiskuits), gefüllt mit Butter- oder Oberscreme und einer Schlagobers-Garnierung (Sahne-Topping); der Name geht wahrscheinlich auf die Eroberung des *Fort Malakoff* bei Sewastopol auf der Krim durch die französisch-britisch-türkischen alliierten Truppen 1855 zurück

Schnapsen – beliebtestes österreichisches Kartenspiel für 2 (Zweier-), 3 (*Dreier- oder Talon-*) oder 4 Spieler (*Bauern-Schnapsen*); ein regeltechnisch einfaches, aber taktisch gefinkeltes (trickreiches) Spiel, bei dem man durch Stiche 66 Zähler erreichen muss; in einem Spiel kann man je nachdem ob der Gegner am Ende keine, weniger oder mehr als 33 Zähler hat 3, 2 oder 1

Punkte machen; diese zieht man in einer Partie von 7 (2er-Schnapsen) beziehungsweise 24 (3er und 4er) ab; wer zuerst auf Null kommt, gewinnt das *Bummerl* beziehungsweise ein *Schneiderl* (im Falle, dass der Gegner noch keinen Punkt gemacht hat); gespielt wird mit 20 Karten à 4 Farben je 5 Werten, je nach Region mit französischem (Herz, Karo, Pique und Treff – Ass, Zehner, König, Dame und Bube) oder doppeldeutschem Blatt (Herz, Schelle, Laub und Eichel – Daus, Zehner, König, Ober und Unter)

Enzian – klassisch aus den Wurzeln des (meist gelben) Enzians destillierter, im Alpenraum beheimateter, Schnaps mit mindestens 37,5 Volumprozent Alkohol; wird üblicherweise aus Stamperln (kleinen Schnapsgläsern) einfach (2cl), zweifach (4cl) oder (nur in Österreich auch) dreifach (6cl) getrunken

*

Ungarn

Szegediner Krautfleisch – auch Szegediner Gulasch oder Gulyas (*Székely gulyás*) ist ein kräftiger ungarischer Krauteintopf mit kleinen Schweinefleischstücken (Schopfbraten oder Schulter), gewürzt mit Paprika, Majoran und Kümmel, verfeinert mit einer Sauerrahm-Garnitur; kann mit Weißbrot, klassisch mit Salzkartoffeln oder mit tschechischen Semmelknödeln gegessen werden

Halászcsárda – eigentlich »Fischteich« ist ein traditionelles ungarisches Fischrestaurant

Somlauer oder Schomlauer Nockerl – beliebte ungarische Nachspeise aus zweierlei Biskuit, gefüllt mit Vanillepudding und Rumrosinen, mit Schokoladesoße übergossen und mit Schlagobers serviert; benannt nach einem erloschenen ungarischen Vulkan, dem *Somló*

*

Serbien

Ćevapčići – am Balkan und im Iran sehr verbreitete gegrillte Rollen aus faschiertem Rindfleisch (Rinderhack); wird in Serbien mit *Ajvar* (Gemüsekaviar aus Paprika) und meist mit Pommes Frites gegessen

*

Nordmazedonien

Rakija – der Enzian des Balkans, ein circa 40 Volumprozent starker Obstbrand aus Trauben, Marillen (Apriko sen), Äpfeln, Birnen und anderen Früchten; beliebteste Sorte ist der aus Zwetschgen gebrannte Sliwowitz (serbisch *šljivovica)*

*

Kosovo

Kebap Fingers – in Albanien und dem Kosovo beliebte Ćevapčići-Variante aus etwas kleineren faschierten Röllchen

Ulpiana – auch *Ulpianum*, war eine römische Stadt, die ursprünglich mit der nahe gelegenen Kleinstadt Lipjan gleichgesetzt worden ist; eine etymologisch begründete Fehlannahme, welche aufgeklärt wurde, als man 1927 sieben Kilometer südlich von Pristina ein ausgedehntes Ruinenfeld entdeckte, das auf dem Gebiet der heutigen Gemeinde *Gračanica* liegt, bei dem es sich um das urbane Zentrum des dardanischen Bergbaubezirkes der ehemaligen römischen Provinz *Moesia superior* handelt

© Fablok / shutterstock

Carla Mori
Heavy – Tödliche Erden
Kriminalroman
345 Seiten, 13,5 x 21 cm,
Premium-Klappenbroschur
ISBN 978-3-8392-0138-1
€ 16,00 [D] / € 16,50 [A]

Kampf um »Seltene Erden«: In Köln stirbt ein Forscher, der einer geologischen Sensation auf der Spur war. Kommissarin Hannah Franckh übernimmt die Ermittlungen. Dabei deckt sie nach und nach Hintergründe von geopolitischer Bedeutung auf und erkennt, dass im weltweiten Kampf um Ressourcensicherung und Mobilität jedes Mittel recht ist – bis hin zum Mord. Sie gerät zwischen die Fronten skrupelloser internationaler Interessenvertreter aus Politik und Wirtschaft und muss um ihr eigenes Leben kämpfen. Am Ende ist klar: Ein wesentliches Fundament der Energiewende ist brüchig. Und gefährlich.

GMEINER SPANNUNG

WWW.GMEINER-VERLAG.DE
Wir machen's spannend

DIE NEUEN Lieblings-plätze

ISBN 978-3-8392-0154-1

ISBN 978-3-8392-2730-5

ISBN 978-3-8392-0155-8

ISBN 978-3-8392-0158-9

ISBN 978-3-8392-0160-2

ISBN 978-3-8392-0159-6

ISBN 978-3-8392-0161-9

ISBN 978-3-8392-0163-3

ISBN 978-3-8392-0164-0

ISBN 978-3-8392-2626-1

ISBN 978-3-8392-0156-5

ISBN 978-3-8392-0157-2

ISBN 978-3-8392-0166-4

ISBN 978-3-8392-0166-4

ISBN 978-3-8392-2838-8

ISBN 978-3-8392-0168-8

GMEINER KULTUR

WWW.GMEINER-VERLAG.

Mensch, Kultur, Regi